캔버스에 세우는 나라

이 도서의 국립중앙도서관 출판예정도서목록(CIP)은 서지정보유통지원시
스템 홈페이지(http://seoji.nl.go.kr)와 국가자료종합목록 구축시스템(http://
kolis-net.nl.go.kr)에서 이용하실 수 있습니다.
(CIP제어번호 : CIP2020034680)

지혜사랑 220

캔버스에 세우는 나라

이향아

지혜

시인의 말

　오늘 헌정하는 『캔버스에 세우는 나라』는 담시집譚詩集이라 부르는 게 적합할 것입니다. 때로는 애가 닳아 없어져 버린 듯이, 없어져서 이제는 속이 텅 빈 듯이, 깊은숨을 들이켜며 털어놓았습니다. 이제부터 얼마 동안 할 말이 없을 것이고, 아무 말도 하고 싶지 않을 것입니다.

　애초에는 서정적 가사抒情的 歌辭의 리듬을 따르고 싶었는데, 시의 소재가 사소하고 평범한 삶의 조각이어서 옛 가사의 고아高雅한 리듬을 따르지 못했습니다.

　혹은 영롱한 광채로, 혹은 팽팽한 탄력으로, 그것이 어려우면 한결같이 융숭한 마음만이라도 이름 없는 이 자리를 지키고 싶습니다.

　흐르다가 멈춘 듯한 2020년의 여름입니다.

　부디 강건하시기 바랍니다.

2020년 8월 연지당硯池堂에서
이향아 드림

차례

2부

3부

4부

• 일러두기
한 연이 첫 번째 행에서 시작될 때는 > 로 표시합니다.

1부

답사答辭

나는 겨우 입을 열었습니다
'감사합니다'
무대에서 내려갈 때까지 오로지 나는,
이 한마디 말씀으로 퇴장할 것입니다
내가 드리는 가슴 벅찬 고백이
살구나무 물오를 때 끌어안는 말씀이든
텅 빈 들녘, 저물 때 손을 젓는 말씀이든
아무 쪽이나 괜찮습니다, 감사합니다
이제 겨우 견딜 만한 이 땅의 어지럼증
거친 파도에 휘말리는 섬과 섬으로
동행하게 된 것만도 눈물겹습니다
하루해 보내고 이부자리를 펼 때
두 다리를 뻗고 전등을 끌 때
다시 하고 싶은 말, 감사합니다

오래된 것을 향한 묵념

오래된 것들은 나를 돌아오게 한다
돌아와 묵념에 잠기게 한다
그가 견뎠을 억눌림과 억눌림에 굳은 침묵과
물기 걷히어 버스럭거리는 시간
룩소르의 무덤 속 3천5백 년 전 벽화 앞에서
낡아가면서도 출렁거리는 것들
나는 잘못을 뉘우치는 어린애처럼
오랠수록 솟아오르는 것들을 우러러보며
겨우 셔터나 눌러댔다
며칠이나 갈 수 있을까 나는
누구의 어설픈 지난날에 몇 참이나 남아서
원망스레 구겨진 한 조각 추억이 될 수 있을까
어렴풋한 짐작으로 바치는 이 공경과 지성
오래된 것들을 향하여 허리를 굽힌다

맨 처음을 만나러

어쩌다가 이렇게 되었는지요 들고 나는 물살에 밀려온 검불들만 소문처럼 두텁게 쌓였습니다 이것이 가로막는 벽이 될까 봐, 그냥 두고 나서기 마음이 켕깁니다

꽃은 길마다 피어 있겠지, 향기는 골마다 풍겨 돌겠지, 내일을 오늘처럼 믿었습니다

부르는 목소리가 잠겨 있을지라도, 마주 보면 그 눈길이 화살처럼 날아와, 순금의 사슬이 나를 결박할 텐데, 그때는 아무것도 몰랐습니다 우리가 헤쳐온 길고 긴 터널, 눈물을 씹으며 절며 온 길에, 퍼렇게 동이 트면 보일 거라던, 당신은 지금 어디에 있습니까?

대문마다 문패를 내려버리고, 집 나간 사람들을 기다리고 있습니다 지금 어쩌다가 여기 서서 있는지요, 맨 처음을 만나러 다시 길을 떠납니다

횡격막 위에

　새벽 산책길에서는 아무 말도 하지 맙시다 우리는 간밤에 함께 죽었던 사람, 아무 말 없이 눈만 뜨고 있어도 무슨 말을 품었는지 서로 알고 있습니다 안 들어도 들은 듯이 차오르는 것들, 옳다고 고개를 끄덕이거나 그득하여 웃는 낯을 지어 뵈거나, 좁은 길에 비켜서서, 당신이여 무사히 지나가소서, 걷고 싶은 만큼 거닐다 보면 수많은 말씀이 횡격막에 쌓입니다

　횡격막 위에, 가슴이라고 우기는 형이상학의 선반 위에

　새벽 산책, 가슴에 쌓이는 말, 내 하루는 이것으로 출렁거립니다 걸음을 옮기는 발바닥과, 발바닥을 떠받치는 세상의 바닥, 그 바닥을 누르고 나아가는 새벽, 맑고 서늘한 형이상학입니다

　어디서부터 왔는지, 와서 나를 이만큼 지탱하게 하는지, 깊고 고요하게 흐르는 시간

한 주먹

새벽의 물 한 잔은 보약이지만, 찬물은 독약이라네 커피
는 정신을 깨우지만 지나고 나면 독약이라네 독약이 보약
으로, 보약이 독약으로 둔갑하는 바로 그 경계, 그걸 제대
로 지키지 못해 부실한 국경처럼 불안하고 시끄럽네
　'식후 30분 1정씩 복용'
　내가 삼킬 약은 1정이 아닌 한 주먹, 혈압과 고지혈증 각
종 비타민과 그러그러한 각자 1정씩이 모인 한 주먹

　수년 전 내 친구는 아버지가 약을 한 주먹씩이나 먹는다
며 실감 나게 주먹을 쥐었다 펴는 시늉을 했지 '한 주먹이
나?' 듣고 있던 우리 또한 놀라서 물었었네, 한 주먹의 약이
많지 않듯이, 멀지도 않다는 걸 알게 되었을 때, 나는 어느
새 호젓한 고갯마루에 철든 짐승처럼 서 있네
　식후 30분, 한 주먹의 약

한 그루 초록을 문지르면서

그림을 그릴 때면 캔버스 바탕에, 우선 초록부터 문지르세요 그 찬란한 색깔을 한 숨결에 놓쳐버렸지만, 아직은 남았노라 소리치는 시늉으로, 어영부영 한낮은 지나갔어도 그래도 아직은 단내나는 볕살, 색깔이 이렇게 쉬 낡을 줄 그때는 몰랐다고, 궁색한 변명은 하지 않겠습니다

밀밀하고 촘촘한 아이들의 머리칼은 초록 실타래, 아침을 흘러가는 시냇물 소리, 눈물도 그리움도 초록입니다, 예, 여기 있어요, 그립습니다, 멀리서 대답하는 그윽한 소리, 세상은 푸름으로 눈부십니다

연둣빛으로 피어나는 향내, 초록으로 나부끼는 깃발, 갈매색 창공에 깃을 치는 날개, 그가 품고 있는 아량과 기운, 나는 지금 비단 같은 그늘에 잠겨 한 그루 초록을 문지르는 중입니다

쓸개 하나 지키려고

탱자나무를 마당 가에 심었습니다 사람들은 우리 집을 가시 울타리 집이라고 하였습니다 탱자꽃이 희게 피었다가 열매가 노랗게 익고 온 마을이 향기에 휘청거리자 아무도 탱자나무를 가시나무라고 부르지 않았습니다

겨울이 오고 우리 집은 다시 가시나무 울타리 집이 되더니, 가시나무를 뽑아버린 후 울타리 없는 집이 되었습니다 울타리가 없는 집 휑하니 뚫린 집, 아무나 와도 좋고 아무나 가도 좋은, 가져갈 것도 지킬 것도 없어서 마음 편한 집입니다

그런데 이상하지요 나는 왜 자꾸 쓸개 빠진 집처럼 생각할까요, 쓸개 하나 지키려고 내가 친친 감고 있는 것은 무엇일까요

나는 지금 정말로 쓸개가 있을까요, 그것으로 무엇을 지킬 수 있을까요

한 5분쯤

오늘도 5분쯤 늦겠습니다 참 어리석은 반복입니다 몽롱하게 스치겠다는 생각은 그만 접어야 할까 봐요 차창 밖으로는 낮은 언덕이 지나가고, 오래된 동네가 지나가고, 지금 내가 향하는 곳 이정표가 지나가고, 숲은 깊은숨을 내쉬면서 마을로 내려옵니다

뒤따르는 5분의 여백을 메워주려고 서두르나 보죠 집요하게 얽어매는 5분의 추적, 하얗게 쪽을 찐 산딸나무 봉오리가 매무새를 여며 성심을 모으고, 믿을 수 없던 그 사람이 돌아오고 싶은 시간, 끓던 밥이 넘치다가 뜸이 드는 시간, 5분이면 이렇게 화창하군요

가로세로 맞추느라 얼이 빠졌습니다 다급하고 삭막한 일을 돌려놓고 무작정 달리려고 하다니요 날마다 부스러진 시간은 저희끼리 모여, 뚫고 나갈 앞길의 방패라도 될까요, 죽은 듯 모르게 숨어 있다가 딛고 일어설 댓돌이라도 될까요, 오늘도 한 5분쯤 늦겠습니다

봄은 참 틀림없어

아무리 급해도 이 길을 질러간 사람은 없어 나는 이따금 이것이 정말 그 길인지, 옳게 들어섰는지 의심하곤 하지, 걷던 대로 걷기로 했어 돌아다보지 않기로 했어 바람은 지난밤 성이 나서 울부짖었는데, 길섶에 웃자란 채 말라붙은 풀들은 이리저리 몸부림을 치면서도 꺾이지는 않았네,

참고 기다려 봐, 얼음 풀린 강물 아래 소리 죽여 흐를 거야, 나무의 겉껍질 속에는 수맥을 오르내리는 가야금 소리, 오다가 어디쯤서 기척을 할 거야 우리도 눈 감고 숨죽여야 해 삭정이 같은 가지마다 언제 그랬던가 싶게, 눈물겨운 기별이 피어날 거야

바람을 가르고 날아오르는 저 새들 좀 봐, 새들이 지나간 자리, 저렇게 풀리는 하늘 좀 봐, 생각하면 할수록 봄은 참 대견해 봄은 참 틀림없어,

봄은 참 무서워, 봄은 참, 봄은 참

젖은 빨래처럼 흔들리면서

더 일찍 젖히고 물너울에 잠길 걸, 분간 못할 안개 속에 눈은 뜨고 있습니다 하늘 꼭대기에서 밑바닥까지, 일순에 하강한 은빛 휘장, 알고 계시겠지요? 지금 무슨 일이 일어나고 있는지, 밤새도록 나는 푸진 꿈을 짓느라 엄청난 거사를 몰랐습니다 우주가 내 앞으로 다가오고 있는데도

바람이 불 때마다 맥박이 흔들리고 서막을 알리는 동이 틀까요? 나무들은 죄다 물속에 잠겼는데, 물정도 모르고 첨벙댈 뻔했습니다 홀린 듯 터를 잡은 미몽의 거리, 비단 자락 젖히듯 허물 벗는 안개, 젖은 빨래처럼 흔들리면서 내가 감히 바라는 건 아무것도 없습니다

적막을 노래하다

지난날은 모질게 떠내려갔는데 흐르는 물 같다고 하다 수시로 무너지는 나를 모르고 오늘의 내가 어제 같은 줄로 알다 지구를 타고 가기 수십 년 휴게소도 없는데, 멀미도 없이 광음을 타고 날다 수시로 뇌성벽력 귀가 먹먹한데도 고요가 평원처럼 흐른다고 하다 아무 소리 듣지 못해 적막을 읊조리다

격랑에 일렁이며 휩쓸린 날들, 어느 골짜기 잊어버린 시간에 나도 진작 파묻혀 없어졌을 것인데, 갈 것은 가도 남은 것은 찬란하게 개벽하는가, 낯가리지 않는 순한 아이처럼 여전히, 무사히, 알아듣지 못할 안부를 전하다

오늘 아침 가지런히 식탁 앞에 모여 앉아 무너지면 안 되는 마지막 발판, 그것 하나 온전하게 지키게 하시고 어리석은 후회는 하지 않게 하소서, 소원을 읊조리는 슬픈 목소리, 무거운 고개를 함께 숙이다

미루나무에는 까치 한 마리

　오늘도 그가 거기 앉아 있다 어제 그 시간 그 자리에 있던 바로 그 새다 깃을 벌려 몸을 털고 둘러보다가 일순에 돌아서는 날렵한 몸짓, 나뭇가지 꼭대기가 산의 능선과 맞닿아 새는 아주 먼 산에 앉아 있는 것 같다

　새야, 너는 위태로운 벼랑 스산한 고독과 평생의 한 번뿐인 절정을 알겠지 뽑힌 듯 의연하게, 버림받은 듯 쓸쓸하게, 한 마디 유언처럼 명징하게
　다른 것들이 모르는 일탈과 소외도 알겠지 따돌림을 당했거나, 상종하기 싫어 돌아섰거나, 지금은 미루나무 한 마리 까치
　갑자기 새가 곤두박질친다 겨우 모이나 쪼러 내려갔을지라도, 아니 갑작스러운 추락이라도 괜찮아, 너는 아침나절 의젓하게 솟아오른 위로와 희망이었어
　산다는 것은 날마다 곤두박질치는 것이 아니겠는가 나도 냉수 몇 모금 축이고 싶어 천천히 일어선다

국화차

그는 작은 봉지 하나를 얌전하게 건네면서 말했다
"제가 직접 만든 국화차예요"

햇살 아래 꽃을 따서 검불은 날리고 정하게 다듬어 간수
한 차, 그래도 나는 그가 직접 만들었다는 말을 믿지 않았다

어떻게 봄여름 가을을 서서 지냈을까, 어떻게 국화를 피
워 냈을까 의심하면서, 그래도 하나님을 바라보던 경이로
운 눈길로 국화차 작은 봉지를 받았다 보라색이 남아 있는
들국화 차였다

돌자갈 산허리에 뿌리를 묻어 아픈 싹을 틔웠는가 꽃 피
웠는가, 긴긴날 그윽하게 흔들렸는가, 흔들리며 찬 서리를
견디었는가, 뜨거운 대낮은 뜨겁게 건너 밤이면 별빛으로
스미었는가 이렇게 물었다면 내가 정녕 미쳤지 내 자식, 내
인생도 내가 직접 만든 것이 아니라는 걸, 내가 직접 만든
것이 세상에 있을까 생각해보면 허랑한 세상, 허랑한 것들

지나가는 봄

오라버니, 봄은 다시 오고 있습니다

바람은 은회색 얼음장을 쓰다듬으며 서어나무 마른 가지를 흔듭니다 한 번도 날아보지 못하고 공중에 헛발질만 하던 날들, 유난히 외풍이 세던 납작한 객사에서 시절의 허무를 들이키더니, 그날을 기억하는 봄이 오고 있습니다

오라버니, 때 묻은 옷자락에 꾸려둔 시간, 허물을 벗어버리고 싶은 지루한 슬픔, 지금 어느 고비쯤 넘어가고 있는지요 기억의 물결이 흔들리는 굽이마다 물안개가 아슴아슴 피어오릅니다

오라버니, 두드릴 만한 문들은 빈집으로 헐리고 아는 얼굴 하나 없는 거리에서, 봄은 조바심하면서 눈을 비비고 손가락 끝마다 연지를 바르겠지요 나도 찬물로 두 손을 헹구고 지나가는 봄기운을 따라가겠습니다 허깨비처럼 골목길을 어정거리겠습니다

고요가 되어 깔리다

그는 함부로 발을 뻗지 않았다 불을 켠 세상 어느 귀퉁이에서 밝은 눈길 하나가 주목한다 여겼을까, 목소리를 맑게 닦아 천천히 말하고 돌아다볼 때도 슬로비디오처럼 곡선으로 돌아앉았다

소리 없이 웃었고, 이를 악물고 하품을 삼켰다 그는 유리 진열장에 놓인 듯 고즈넉하였다

누가 그를 눈여겨보았을까, 평생을 깎아놓은 수정 기러기처럼 고요히 가라앉은 그를,

세상이 저물어 등불을 켜면 아무도 몰랐던 그의 빈자리가 갈비뼈를 뽑아낸 듯 허퉁하다는 것을

그는 죽어서야 이야기로 남았다 아무 일도 일어나지 않았다. 그는 아름다운 고요가 되어 깊은 바닥에 전설처럼 깔리었다

동지 지나고

그날 이후에는 혼자 걸었습니다 윤택한 어둠을 조금씩 기르다가 그의 탄력을 조금씩 깨달아 가다가 드디어 지금 절정에 이르렀습니다 긴긴밤 고뇌한다면 얼마나 멋질까요 다시 내일부터 밤의 중량은 베어 먹히듯 다시 잠겨 들겠지요

천지에는 반가운 일들이 차례를 기다리고 있을까요 우리들의 태양이 힘을 얻고 감히 키를 재려는 자가 없다면 안심입니다 죽음을 누르고 부활하는 힘, 동지가 지난 후부터 나를 다그치는 빛이 풍성해진다는 전갈을 믿지만, 갑자기 잠을 좀 자둬야겠다는 생각을 합니다

한때는 떠날 생각에, 짧은 밤 뒤척이다 날이 밝았고 이렇게 일 년 열두 달, 나는 핑계를 바꾸면서 기다리는 데에 이골이 났습니다 사는 일이 그럭저럭 익어갑니다 그래도 이만하면 분에 넘칩니다

2부

바다가 보이는 교실

사변 후 학교를 잃고 해망동海望洞 공원 임시교실에서
눈을 들면 아득히 멀어져가던 바다
장항행 여객선이 고동을 울리면서 떠난 다음이면
물새처럼 차고 올라 날아가고 싶던 곳
돛단배 두어 척이 나를 채근했었지
너무나도 일찌감치 철이 들어서
걸핏하면 목울음이 터지던 시절
알퐁스도테의『마지막 수업』은 바다를 바라보며 읽었지
파도가 몰려 왔다 밀려가는 청록의 칠판
"꽃과 같이 아름다운 나의 사랑 에레나씨"
사내애들 구성지게 목청 꺾어 부르던 노래
생각하면 그런대로 찬란한 여름이었어
어서 커서 훌륭한 어른이 될 거여요
금강하구 물새들도 일제히 날개를 펼쳐 올렸어

답을 쓰지 않았어

데이트하던 그 남자는 왜 그랬을까

'무슨 색을 좋아하세요', '쇼팽을 좋아하시나요, 슈베르트를 좋아하시나요' 입학시험 면접관처럼 그는 물었고 합격하고 싶은 수험생처럼 나는 대답했었어 인생이란 무엇인가, 사랑이란 무엇인가, 아무짝에도 쓸데없는 문제였어 그러다가 자세를 바로 하고 그가 다시 묻더군

'월급을 얼마나 받으십니까?' 내 월급이 그 남자는 왜 궁금했을까?

물론 나는 대답하지 않았어 중등학교 정교사 2년째라고, 받을 만큼 받는다고 똑똑하게 말할 걸, 나는 아무 말도 못했어 할 수가 없었어 하기 싫었어

나는 월급이라는 말이 정말로 창피했어

그것은 사실 그날 문제 중 제일 확실하고 쉬운 문제였지 그래도 나는 답을 쓰지 않았어 쓰고 싶지 않았어 쓰기 싫었어 차라리 시험에 낙방하고 싶었거든

스며드는 중

떠날 사람이 거지반 떠난 다음이면 고요가 망사처럼 깔린다 조금 섭섭한 듯이, 쓸쓸한 듯이, 그러나 이제야 제 자리를 잡은 듯이

내일은 비가 몰려오려나, 손가락 끝마다 불을 켜단 배롱꽃이 물에 젖은 진분홍 소맷자락을 땅에 더 가깝게 늘어뜨린다

날이 흐릴수록 꽃 빛깔은 타오르는데 이제는 나도 그만 좌정해야 할까

문은 아직 열려 있었다 뉘우치고 돌아올 줄 알았나 보다 일백 날 걸러낸 맑은 눈물을, 한 마디 용서도 빌 수 없는 가슴을 주먹으로 문지르며 스며드는 중

꽃이 피는 그늘로 스며드는 중, 고개 들면 가뭇한 둑길 위에는 제철 만난 배롱꽃이 자지러진다 나처럼 말 못하고 자지러진다

그래도 파도 위에 너울거렸다

우리는 떠나기 싫었고 바다는 모르는 척 입을 다물었다 간간이 허접한 판자 조각이나 쓸어왔다가 돌아가는 물결, 시간이야 저 혼자서 지나가는 것이지만 언제부터 세상이 이리 점잖았을까, 배 떠난 선창은 아무런 기척도 없다

이를테면 말 탄 장수가 지나가다가 안 된다고, 참으라고, 주저앉히기도 하건만 병풍 속 신선들처럼 돌아앉아 있는, 이것은 대체 무엇이란 말인가

무심이란 열어두는 것도, 잠그는 것도 아니고, 내왕이 번잡한 것도 멈추는 것도 아니고, 아무렇거나 상관하지 않는 것,

삐걱거리는 목교 아래로 짠물만 들었다가 빠져나간다, 숨 막히는 교교함

점잖게 밀려나고 있다는 걸 진작 알고 있었지만, 우리는 점잖게 모르는 척하기로, 그래도 바람은 아까부터 물결 위에 반짝거렸다 아무것도 모르는 척 너울거렸다

잡雜

통영 시내를 둘레둘레 하는데, '잡어탕, 세코시 전문집' 간판이 시선을 나꿔챘다 가리지 않고 섞여서 흉허물없는 잡어탕, 친구는 아니라고 고개를 흔들며 앞서 걸었다

잡것, 잡초, 잡담, 잡놈, 잡질, 잡소리, 잡채, 잡기장, 생선 비린내가 짭짤한 바닷바람에 실려 객지의 입맛을 돋아줄 선창, 넉넉하고 수더분한 아저씨 같은 잡어탕, 너와 나의 협력과 공생과 공멸, 모두 녹아 수라장이 된 잡어탕 진국을 두고, 어디가 어딘지 모를 길을 한참이나 따라갔다

고층빌딩 엘리베이터 몇 층인가 누르고, 바닷가 야경이 꽃밭처럼 어지러운 식당에서 '잡'이라는 소리 같은 건 얼씬도 할 수 없고, 친구는 정갈한 저녁상에 얼굴 가득 웃음을 담고 있었다.

시간은 길을 허물며 사라지고

파장의 뒷골목처럼 와자지껄한 늦여름 저녁, 산사로 가는 길 담쟁이 넝쿨은 잔잔한 바람결에도 어깨를 움츠린다 해마다 맞아도 너무 일찍 들이닥치는 가을, 산은 푸른 안개를 풀어 침묵으로 덮는다 뇌성 번개가 한바탕 훑고 지나간 다음, 이럴 수도 저럴 수도 없이 이제는 마감을 알려야겠지, 한때는 절정의 깃발이더니 순리로 떨어져 내린 나뭇잎들, 가라앉은 말씀들이 한 생애보다 깊다

상처는 언제 아물었을까, 산 너머 먼 곳, 강 건너 더 깊은 곳으로 시간은 길을 허물며 사라져간다 옷을 벗는 나무들이 두 팔을 쳐들고 있어도 처분만 기다리며 항복하는 것은 아니다 못다 부른 이름, 못다 푼 앙금을 저리 찬란한 색깔로 헌사하고 있는 것이다

무엇이 되겠는가

꿈을 물어주십시오, 무엇이 되겠는지 바람 부는 벌판 지평선을 치달려, 바로 지금 우러를 산 하나 쌓고, 정하게 다시 헹궈 다독이는 꿈, 갈수록 깊이가 더할지라도 평생에 한 길을, 한 가지 소원으로, 봇물이 마르면 피를 찍어 적지요

돌아다보는 일이야 어렵지 않습니다 덧없는 과거완료 휘황한 그림자에 부질없이 목매달지 않겠습니다 이제는 날도 설핏 저물었지만, 꿈이 무엇이냐 물어주세요 가다가 돌부리에 주저앉을지라도 내일 하나 바라보며 걸어가겠습니다

도망치지 않고 밀어내지 않고 맨가슴 이대로 껴안겠습니다 오늘 끝날지라도 그리하겠습니다

불새

오래된 소원 하나 감춰 두었지, 끓는 해를 품고서 날고 싶은 새, 눈 감고도 창천에 사무치고 싶은 새야 평생에 몇 번인가 절절한 순간이면 구천에 벙어리로 묵상하던 새, 깊은 숨 들이쉬고 내리 쉬면서 눌렀던 피 울음을 토해내고 싶은 새야

꽃들은 구름처럼 피어나더니 이제는 쪽빛으로 흥건한 나날, 골목마다 터질 듯 길을 묻는 사람들, 이제는 너도 혼자 크는 나무처럼 두 팔을 쳐들고, 감춰둔 인광을 뿜어내거라

여기는 너의 터, 여기는 바로 그 땅, 너는 새, 불새니까 오래된 꿈으로 눈이 밝은 새야, 고달픈 새야, 헌 옷 벗어 던지듯 돌아서지 말고, 이루었나 생각하면 허망하기 그지없어 홀로 숨죽여 흐느끼는 새야, 축축한 눈물로 타오르는 새야, 묵은 둥치 움이 돌아 새로 피는 봄날이다, 새야 너 불새야

언제 없어졌는가

언제 없어졌는지 동네 초입 모퉁이 빨간우체통 키가 닿지 않아서 까치발 딛고, 벌린 입에 넣어주던 세세한 안부

오일장터 국밥집 아주머니는 어디 아픈가, 본 지가 한참 된다 가마솥 뚜껑을 여닫을 때마다 뭉게구름 피어나던 뜨끈한 국물, 아주머니 혈색만큼 푸짐하던 맛

뒷일이야 누가 알까, 가야 할 사람은 간다 새벽은 날마다 기다려 섰고, 찬바람 속 우듬지는 벙싯거리는데 동네방네 파다하게 어지러운 소문, 묻어 둘 건 묻어두고 끌리는 건 데리고 세월은 쫓기는 듯 앞질러가고

정자 터 오래 묵은 느티나무는 어지간한 일에는 놀랄 일이 아니라고, 태풍이 흔들어도 끄떡하지 않는다

바람이 지나간 뒤

그가 한 번 휩쓸고 지나간 뒤에 봉놋방에 앉았던 우리들의 자리가 아무도 모르는 새 바뀌어 버렸다 하늘이 분배한 녹을 지키듯, 우리는 아무런 불평도 없이 바뀐 자리에 복종하였다

칭기즈칸이 말을 몰아 들을 달릴 때, 회오리 내지르던 말 울음소리, 바람은 제 몸을 베어내며 비명을 지른다

그가 한 번 지나가면 언덕 하나 생기고 다시 언덕 하나 없어지는 사막 나뭇잎이 떨어질 때, 빨랫줄이 뒤집히고, 표류하는 어선의 찢어진 돛폭에 바람은 참았던 고백, 짓누른 통곡, 귀먹은 절규를 토해낸다

그럴 거야, 그렇겠지, 예삿일은 아니야, 아무도 아니라고 하지 못했다 바람은 지나가고 우리들만 남았다

왜, 쉬쉬하는가

그 사람이 한창 끗발을 날릴 때는 너도나도 다투어 한마디씩 했다 가로 터진 입, 유창한 목소리로, "잘했어", "훌륭해", "너만 믿어", "사랑해", 깃발은 휘날리고, 귀가 먹지 않고서야 듣지 못할 리가 없지 소리는 허공에 스러지지 않고 흑백의 엑스레이처럼 그 시간 그 자리에 솟았을 거야

어떤 것은 그대로 날개가 되고 어떤 것은 스며서 거름이 되었는데, 왜 어떤 것은 가시가 되는가, 눈물이 되는가

다시는 상종하지 않을 듯 흩어져 버린 후, 해일의 뒤끝처럼 스산하게, 책임도 영광도 사라져 버렸는데 화살은 어째서 엉뚱한 심장을 겨누는가 나는 몰라, 나는 몰라, 왜 한사코 두 손을 젓는가

설거지도 끝나지 않은 잔칫집 마당에 수상한 소문은 몰려들고, 행여 뿌리 캐듯 조여들까 겁을 내는가, 믿을 것이 없다는 말 믿지 않았는데, 한결같지 않다는 말 믿고 싶지 않은데

매봉역에서 내리세요

오렌지색 3호선 전철을 타고 흔들리면 흔들리는 대로 가만있다가, 내리고 싶으면 매봉역에서 내리세요. 오래된 집들로 나지막한 동네, 매화 꽃봉오리는 진작 벙글었어요. 동네 사람 태반은 양재천 냇물에 세 들어 살거나 늙은 나뭇등걸에 얹혀살아요. 떠날 수 없는 나도 그렇습니다

새로 피는 나뭇잎은 공원 숲까지 뻗치고, 숲속은 지금 수라장입니다. '허물고 높이 짓자', '뼈대가 멀쩡한데 허물다니 당치않다'

상수리나무, 벚나무, 이팝나무들은 어쩌라고, 때 되면 가지가 찢어지는 대추나무 살구나무 은행나무 감나무들은, 물정도 모르는 산수유와 목단 명자꽃 진달래 능소화들은 또 어쩌라고. 모두 베어 없애고 허공에 매달릴까,

그래도 오세요 매봉역에서 내리세요, 우리 천천히 시냇가로 갑시다

살았는지 죽었는지

궁금하다 그 사람, 살았는지 죽었는지,

내 나이에 몇 살을 보태면 그 나이가 되고, 다시 몇 살을 덜어내면 내 나이가 된다는 것, 내가 지금 아는 것은 그것뿐이다

발뒤꿈치 들어서 키를 늘여도 너무 높아서 닿지 않았고, 하늘 아래 아무것도 거칠 것이 없는 듯 삼백 날 혼자 외롭던 사람, 무슨 일을 저지를 듯 위태롭던 사람 느닷없이 궁금하다 살았는지 죽었는지

그것 보라고, 돌아설 때 돌아선 건 천만다행이라고 기어코 그 말을 하고 싶은가 잘한 일이라고, 큰일 날뻔했다고, 그가 죽었어도 내가 모르고 내가 죽어도 그가 모르는, 이렇게 매끄럽고 시시한 사이인 줄, 백발로 빙판에서 기다리겠다더니 이렇게 덤덤하게 끝날 줄은 몰랐다

도적을 만나면

오밤중에 도적이 들면 나는 눈을 뜨지 않을 작정이다 도적이 내가 잠들어 있는 줄 알고 안심하도록 나는 더 깊은 잠 속에 빠진 것처럼 잠꼬대를 지어낼 것이다

내 속의 교활함, 내 속의 꾀, 내 속의 비겁이여, 어둠을 옷 입고 침입한 그는 나보다 순진한 편이구나, 대낮에 사통팔달 환한 데서 맞닥뜨리면 나는 시선을 피할 것이다 그가 도적이라는 걸 모르는 척 평화로움을 짓고, 그렇게 못 박는 시늉을 할는지도, 그러다가 아첨하게 될는지도 모르겠다

밤이고 낮이고 도적을 만나건만 나는 만나지 않을 것이다 나는 도적보다 떨고 도적보다 먼저 고발당할 것이며, 도적보다 열 배나 불쌍할 것이다

유구한 세월 징역을 살 것이다 징역살이하면서 편안할 것이다 이제 도피는 끝났다고, 나는 드디어 한 기다림의 끝을 바라보게 될 것이다 도적은 밤에만, 혹은 으슥한 곳에서만 부딪히지 않는다 밤낮없이 대면하는 우리 가운데, 그가 아니면 내가 도적일 것이다

보통 날 저녁

그럭저럭 지낸다니 고맙습니다 그럭저럭 말이 쉽지, 특별한 일입니다 찾아올 사람 없어도 심심하지 않고 찾아갈 곳 없어도 외롭지 않은 날, 아무 소식도 들리지 않고 전할 말도 전할 곳도 생각나지 않는 날, 그대 무사하시군요 축하합니다

두 팔 벌려 깊은숨을 들이마시면 창밖의 일광은 현기증을 쏟아내고 이제 막 절정에 닿았겠지요 어떤 잎은 제풀에 떨어지고, 어떤 꽃은 바야흐로 얽혀 있는 중입니다 보통 날인가요 고마운 날입니다

길들지 않았나요, 묶였던 풍속이 그리운가요, 방안을 천천히 어정거리면 터질 듯 천장 가득 부푸는 생각, 너무 풀리지도 동이지도 않고 모세혈관처럼 가늘게 섞바뀌는 관계, 좇는 것도 달아나는 것도 한 몸처럼 아프고 자유도 구속도 구별하기 어렵게, 아무 징표 없이 저물어가는 날, 머리 숙여 절하는 보통 날 저녁

고맙습니다, 고맙습니다

죽은 듯이 파묻었습니다

　미안합니다 사양하겠습니다 내게 그런 말은 맞지 않는
옷, 유행이나 걸친 듯이 부끄러워요 더구나 지금, 이런 판
국에는 그 말이 내 마음에 구멍을 뚫어요

　먼 섬이 주춤주춤 물에 잠기고, 바다에서 불기둥이 하늘
로 치솟네요 조금 남거나 모자라거나, 어딘가 어긋나거나
아무것도 정해진 것이 없거나 그럴 때처럼요

　누가 그런 말을 할 때면 나는, 갑작스레 파고드는 추위에
진저리를 쳐요 하루 살면 하루만큼 목숨을 지우고 지운 자
리는 그대로 비워둘게요. 그것 하나 온전히 간수하지 못한
다면, 좁아터진 가슴 속에 파묻을게요.

　그런 날도 있었던가, 잊어버렸어요 정말 미안합니다 너
무 오래되어 삭아버린 말씀, 섬이란 섬들은 지금 감쪽같이
바다에 잠겼어요, 죽은 듯이 파묻혔어요

3부

그런 시간

남해안에 태풍이 몰려올 것이라던 예보는 빗나갔다
빗나가는 것들도 가끔은 숨통을 터 준다
창밖 나무들의 정결한 눈길이 먼데 하늘을 바라다보고
나는 나무들을 우러러보며 서쪽 창문을 연다
더러는 여자들이 손을 닦을 그런 시간
머리칼을 쓸어 넘기며, FM 사이클에 볼륨을 맞추고
맑은 차 한 잔을 마시고 싶은 시간
그게 누구더라, 생각에 빠지다가
헝클어진 매듭이 풀리지 않아
버릇된 회상에 잠기는 시간
창밖의 큰 나무들은 자리를 지키고 있다
태풍은 완전히 물러간 것 같다

혼자서 건너는 바다

그날 새벽 선창에는 은이가 배웅을 하러 나왔었다
양조장 집 큰며느리로 제일 먼저 시집간 새댁 은이가
바람 부는 바닷가에 나보다 먼저 와서 기다리고 있었다
군산에서 장항으로, 거기서 서울행 기차를 탈 참이었다
공부하러 간다니 너는 좋겠다, 그는 긴 숨을 내쉬었고
좋긴 뭘, 태산 같은 걱정에 나는 깊은숨을 들이켰다
바닷가에서 손을 흔들던 은이의 다홍색 치맛자락이
바람에 펄럭거리다가 가물거리다가 보이지 않았고
은이를 다시는 보지 못했다, 그것이 끝이었다
목숨을 끊은 은이의 뼛가루를 군산 앞바다에 뿌렸다는,
실성한 어머니도 그 바다로 걸어 들어갔다는 말만 들었다
은이의 바다, 은이처럼 젊고 푸르른 바다
목숨을 바쳐도 끝끝내 바다로만 출렁거리는 바다
너는 좋겠다, 좋긴 뭘, 혼자 주고받으며 건너는 바다

캔버스에 세우는 나라

어제는 들을 데려왔으니 오늘은 산을 모셔올까 봐 냇물이 흐르는 캔버스에 무성한 나무들, 나무처럼 자라는 나라를 세우고 싶네

그린다는 것은 사무친다는 것, 그린다는 것은 빠져서 잠긴다는 것, 혼을 뽑아 그것으로 바꾼다는 것, 날마다 지나는 거리, 좁은 골목에 절을 하면서 그리운 사람들의 이름을 부르네

남아 있는 목숨의 소중한 하루하루, 그윽하게 가라앉힌 작은 텃밭에, 지갑을 열어 비상금을 세듯, 일곱 가지 햇살을 붓에 적시네

그린다는 것은, 살고 싶은 나라 하나 세우는 일, 죽어서 묻힐 나라 세우는 일, 반역으로 혁명을 일으키지 않고, 숨어서 몰래 모반하지도 망명도 하지 않고, 원하던 나라 하나 비밀처럼 세우는 일,

그린다는 것은 바람에 스치는 향기를 모아 영토를 돋우는 일, 빛과 그늘 사이 퍼지는 색깔, 그 색깔을 모아 궁전을 짓는 일, 서툰 목수처럼 지었다 헐고 헐었다가 다시 짓네

민들레꽃

두런두런 지나가는 인기척도 따뜻하고, '어머, 여기 이 풀 좀 봐!' 어린애들 웃음소리 화창해서 잠시 쉬려다가 주저앉았습니다 내가 다리 뻗은 곳은 돌층계 틈새, 고개 젖혀 마주 보면 눈 시린 정오, 자갈밭엔 한낮이 타오르고 있습니다 우리 어디선가 만났었지요 또렷하진 않아도 낯이 익어요

여기는 터를 잡고 생애를 펼칠 곳 가고 싶던 낙원이 따로 있지 않습니다 이리저리 나그네로 떠돌고 싶지 않아, 이내 털고 일어서도 후회는 없습니다

입김에도 스러질 듯 여리디여린 목숨, 아무리 하찮고 작은 씨앗이지만 새처럼 날개를 펼쳤습니다 어쩌다가 마주쳐 끌리는 자리, 주저앉아 쉬는 동안 다리 뻗는 아픔, 이 아픔을 자랑처럼 끌어안겠습니다 오다가다 몇 번 스치고 말지라도, 허리 굽혀 청하지는 않겠습니다

참 잘한 일이다

금을 긋지 않은 것은 잘한 일이다 잘라내지 않은 것은 잘한 일이다, 만좌 중에 끊듯이 선언하지 않고, 마지막 몸짓하며 돌아서지 않았더니 잘한 일이다

흔들던 깃발은 흔들던 깃발, 던지거나 바꾸거나 쫓기지 않았다, 참 잘한 일이다

모래밭이 애초부터 어려운 건 아니다 모래밭 속도가 어려웠을 뿐, 보폭과 진군이 어려웠을 뿐 흔들리는 물결, 몰려드는 비구름에 잠기며 떠오르며 여기까지 왔다 질경이 명아주 기를 펴는 풀밭, 돌아앉은 고샅길에 머무를 수 있을까, 머물다가 맘에 들면 둥지를 틀까, 둥지 틀면 날던 새들 함께 살 수 있을까

호수에는 말없이 퍼지는 물살, 누가 던진 돌엔가 번지는 빛살, 돌아올 수 있구나 눈물이 난다 팔랑개비 돌아도 금을 긋지 않고, 더운 피 흐르는 손을 잡았다 금을 긋는 일이야 아무 때나 쉽지 그을 때는 부디 푸르고 서늘하게, 그을 때는 부디 휘파람 소리

통화 중

그 사람의 전화가 꺼져 있지 않다 그는 다만 통화 중, 아침부터 저녁까지 통화 중일 뿐, 그 시간이 사뭇 긴 것뿐이다

그러다가 기적처럼 막힌 숨이 풀려도 그는 다시 살아나서 통화 중일 것이다, 설마 그런 일이 일어날 수 있을까

그에게는 할 말이 많을 수밖에, 말하고 싶은 사람, 말해야 할 사람, 할 말이 쌓여서 통화 중일 수밖에

오늘 바로 지금은 살아 있는 시간, 같은 하늘 숨쉬기 눈물 나는 시간, 마주 서서 냉수 한 잔 마시고 싶다, 가다가다 세상에는 이런 일도 있구나

그는 아직도 통화 중이고 나는 할 말을 다 잊어버리고, 그는 아직도 통화 중이고, 나는 시시각각 녹아들고 있다

어제와 내일 사이

　묵직한 문을 밀고 들어가면 오늘은 개봉하지 않은 선물, 길고 긴 어제의 그림자를 끌고 마주 당기는 실처럼 끊어질 듯 팽팽하다 그림자에 어리는 눈물, 쿨럭이는 기침 소리, 나직하게 울리는 후회의 말들, 나는 시간 앞에서 숨을 죽인다, 공손히 예의를 갖춰 허리를 굽힌다

　문을 열고 들어가면 오늘과는 아주 다른 내일도 있다, 움츠렸었지 조바심했지 오늘과 다른 내일을 만나려고, 그것은 언제나 설레는 괄호, 엉켜 있는 시간의 우뚝한 희망, 이름도 모르는 한 송이 작은 꽃, 나는 버거워서 조심조심 걷는다

　문을 열면 바람에 수런대는 태산목, 눈 속에 루비처럼 굳은 산수유, 거룩한 숲에서 머물고 싶다고 지빠귀는 목청껏 우짖고 있다, 네가 나를 대신 기도하고 있었구나, 이대로 갈 것인가 돌아설 것인가, 나는 쓸데없이 망설이곤 한다

그렇구나, 그렇겠지

산 그림자가 보랏빛을 드리우고 그 발치 어디쯤 이내 깔린 마을, 종자 옥수수 서너 자루 매달아 둔 집, 장독대에 올라서면 대청마루가 보이고, 들기름으로 문지른 장판이 지는 햇살에 반짝입니다

납작한 사립에서는 바람이 불 적마다 마른 수숫대 비비대는 소리, 봉창 문 아랫목에서는 까르르 웃음소리, 살아남은 사람들은 그럭저럭 무사하다는 듯이

바로 그 집입니다 어서 오십시오, 겨우 이제야 돌아오는 사람, 오늘 나는 당신에게 궁금하지 않습니다 때가 되어 오셨을 뿐, 아무 의심도 궁금증도 없습니다

그냥 오시면 됩니다, 어느새 우리 앞에 깊은 계절이 당도한 것입니다, 바람도 강물도 막아서지 않는데 나도 조용히 바라다보며 그렇구나, 그렇겠지 끄덕이겠습니다

버릇이 되었는가

냇물에 발을 담그고 있으면 세상이 조그마하다. 냇물에 발을 담그고 있으면 세상이 아늑하다. 그래도 무엇이 두려운지 나는 발을 자꾸 움찔거린다. 물고기가 오가다가 내 발을 스치면 놀라는 건 물고기일 텐데, 나는 잠시도 마음을 놓지 못한다

내가 사람이라는 것 맞는가, 내가 만물의 영장이라는 말 맞는가. 나는 더운피동물이고 물고기도 내가 그의 먹이가 아니라는 걸 알고 있을 텐데, 왜 나는 그가 나를 감히 희롱하리라고 생각하는가, 나는 그토록 희롱거리에 지나지 않는가, 내가 무슨 희롱당할 짓을 했는가 당하지 않으려고 미리 조심하는 것인가,

주눅 들어 깜짝깜짝 놀라는 것도 버릇이 되었는가?

명상

 전차에 올라타고서야 장기의 부속품 같은 전화기가 집에 있다는 걸 알았다 오류는 대체로 수정 불가능한 자리에서 나타나 반환이 어려운 거리를 두고 아주 결정적으로 자책하게 만든다

 할 수 없지, 나는 득도라도 한 듯, 신속하게 결론을 내리고 오늘 하루 절해의 유배 자가 될 것을 결심한다 끊어진 관계는 느긋하게 그들의 원망은 무심하게 추방당한 처지도 누리기 나름이라고, 울타리밖에 초연히 밀려나 있기로 했다

 잡기장 여백에 눌러 쓰는 글, 천하의 명작이라도 내놓을 기세로 그러다가 눈을 감고 생각에 잠기면, 얼마나 오랜만의 명상인가, 잃어버린 나를 찾아 깊이 잠긴다

 비로소 나 독립하여 우뚝 섰다

처리했습니다

취소했습니다, 헤어졌습니다, 지웠습니다, 어떻게 말해도 한 가지, 없앴다는 말이다 보고하는 그는 얼굴이 없었다 없는 것은 있는 것보다 서늘하다 형체도, 대답을 받아들일 그루터기도 없을 때, 나는 우주적 공포에 몸을 떤다

그는 다만 제 할 말만 같은 어조로 반복하였다 처리했습니다, 없앴습니다, 잘라버렸습니다, 집요하게 같은 뜻을 다른 말로 반복했다

이후 다시 살릴 수는 없습니다, 진행하시겠습니까?

그도 책임 같은 것은 지고 싶지 않은가 보다 후환이 두려우니까, 한목숨을 없애는 건 쉬운 일이 아니니까, 나는 벙어리처럼 소리를 내지 못한다

처리, 쓰레기를 처리하고 빚을 처리하고 성적표를 처리하고 헝클어진 실타래를 풀어내는 것과는 다른 처리,

처리된 것들은 어디로 갔을까 어느 암흑 벼랑 아래, 무슨 색깔 안개로 날아앉았을까

미친 여자

어깨를 들썩이며 끼룩거린다고, 동네에서 그 여자를 미쳤다고 한다 눈치코치 모르는 천둥벌거숭이, 그러다가 느닷없이 시무룩하다고, 미친 게 분명해 몰아세운다

성하게 바라보면, 금세 바로잡는 저 얼굴 좀 봐 본정신이 지겨워 미친 척하는 거야, 마을버스를 기다릴 때 애어른 알아서 제 앞에 세우고 더디 올라도 기다리는 여자, 그 얼굴을 어떻게 미쳤다고 하나,

웅덩이에 흙탕물 가라앉으면, 바람에 흔들리는 수수꽃다리처럼, 둥글게 더 둥글게 미끄러지는 여자, 우리 동네 그 여자는 미치지 않았어, 섞이면서 흐를 뿐, 미끄러질 뿐, 그냥 자주자주 낄낄거릴 뿐

동네마다 몇 사람은 미칠 수밖에, 세상에서 나를 대신 미치는 사람, 미쳐서 몇 마디 바른말 하면, 미친년이 어쩌다가 제정신 났다고, 나를 대신 바람맞는 우리 동네 미친 여자

모르는 사이

우리를 묶은 것이 노끈이든 동아줄이든 그보다 붉은 핏줄이든 명줄이든 이럴 때 아픔이란 사치스럽다 떠나가는 것들, 이미 떠나가서 슬픈 것들아, 우리는 언제부터 모르는 사이인가

나 하나 어찌 되어도 강물은 가던 길로 대양에 닿고, 뜬눈으로 죽은 듯이 돌아앉아 있어도 안녕히 새벽은 푸르게 열리지만,

우리를 묶은 것이 오가는 눈길이든 언약이든, 기름 먹인 양피지의 오래 묵은 계약서 피 마르는 거래든, 이럴 때 아픔이란 턱없이 한가하다, 그러나 아무튼 모르는 사이

나는 아직 철도 없고 속도 없는가, 일마다 왜 이리 상관하고 싶은가, 저녁 답 긴 그림자 진 고랑에 파묻히고 뒷소문도 귀먹어 알 수 없는 사이인데, 몇 마디 헛소리를 건네고 싶은가

상관하지 말라니, 나를 그렇게 돌려세우려는가, 나 하나 어찌 돼도 세상만사 갈 곳 찾아 흐르겠지만, 해는 지고 다시 뜨고 저물겠지만

천만다행

오랜만에 손을 잡고 어떻게 지내느냐 서로 물었다 그럭저럭 지내면 다행이라고, 그럭저럭 사는 것도 쉬운 일이 아니라고, 무사와 안일을 서로 축하하였다 헤어지고 오는 길에 나는 내게 물었다

정말 이대로 괜찮은 것이냐고, 눈을 떴다 감았다 하루가 가고, 꿈자리가 사나워도 천만다행이라고 나는 정말 이대로 아무 탈이 없는가고

총알이 발부리에 박히지만 않으면, 내 집이 불길에 휩싸이지 않으면, 자식이 성하고 걱정 없으면 아무 탈이 없는가, 하늘이 돌본 건가,

믿을 만한 금수강산, 온통 낙원인가 남이야 알 것 없고, 나 살기에 바쁜 세상

어떻게 사느냐고 물을 때마다 청맹과니 따로 없다, 눈도 코도 안 보인다

너는 어디 갔었는가

그만큼 대문을 흔들었는데 왜 못 들었다고 하는가, 왜 아무도 본 사람이 없다고 우기는가 굵은 나뭇가지도 우지끈 부러지고 난파하는 어선, 찢어진 돛폭에도 참다못한 울부짖음, 짓눌린 통곡처럼 귀먹은 절규를, 너는 어디 갔다 이제 왔는가,

어디 가서 눈길 비켜 외면하다가 없어진 다음에야 캄캄하다 하는가 왜 번번이 떠난 다음 뒷모습이나 바라보는가, 바라보며 겨우 묵념이나 하는가, 있을 때는 모르는 척 외면하더니 왜 없어진 다음에야 그립다고 하는가

아무것도 모르면서 알고 있는 눈물을 우습게 여기는가, 아는 것이 무엇인가, 왜 자꾸만 알고 있다 하는가

모르고 살았다

나는 내가 한평생 사랑에 빠져 살았다는 걸 모르고 있었다

걸핏하면 핏줄이 조여들고 안개 낀 듯, 물먹은 듯 눈앞이 흐린 것은, 바로 그 때문인 걸 까맣게 몰랐다

고개 들면 문밖에 번지는 푸름, 숙이면 애처롭게 젖어 있는 발목, 계절마다 무너지고 찢어지는 오목가슴, 시시각각 글썽이며 잠겨 드는 생각에 평생을 빠져서 허우적 거리건만 그게 사랑인 줄 여태 몰랐다

핏줄이나 연분이야 그렇다 치고, 천지사방 흔들리며 조여드는 밀물, 동트는 아침과 망망한 대낮, 지평선의 무지개와 처마 끝의 낙숫물, 평생을 외워도 익숙하지 않은, 한순간도 그물에서 헤어날 수 없는, 혹은 소소하고 혹은 거대한 그게 모두 슬픔이요 껍데기라 하면서도 가쁜 숨 몰아쉬며 끌어안는 이름들, 그것이 사랑인 걸 여태 몰랐다

4부

서른여덟

내 가난한 모국어 중에 아버지라는 말이 있습니다 그것이 내 씻을 수 없는 결함이요, 수치요, 죄악인 것처럼 아버지, 나는 오랫동안 당신의 부재를 숨겼습니다 그들은 속지 않았으면서 속은 척해주었습니다

결함이라면 씻어주고 수치라면 덮어주고 죄악이라면 용서해 주었습니다

나는 당신과 함께 묻힌 서른여덟이라는 숫자가 싫었습니다 3·8선도 서른여덟인데 내가 하필 3학년 8반이 되는 것도 싫었습니다 나는 서른여덟이라는 말에 골병이 들어 금 간 항아리처럼 어긋났습니다

당신은 지금도 서른여덟 젊으나 젊은 아버지,

그날 언덕길을 걸어오시면서 내 이름을 불렀을 뿐, 아무런 유언도 없어서 나는 그 숨겨진 말씀을 캐내려고 내 가슴 자갈밭을 파고듭니다

철이 들었습니다

아버지라는 말이 낯설지 않지만, 그 말을 들을 때마다 나는 차렷 자세를 취합니다 정신 차렷, 비상이야!

나는 그때 열다섯, 아무것도 몰랐지만 하루아침 잠이 깨어 어른이 되고 뒤숭숭한 소리에 철이 들었습니다, 철든다는 것은 슬픈 일입니다

공연히 머뭇거리고 공연히 움츠리다가 공연히 아무것이나 참기 시작했습니다 어머니를 지키려면 깨어 있어야 하나, 어머니가 죽을까 봐 걱정이었습니다

"우리 한날한시에 함께 죽읍시다" 당신들이 맹세하던 불멸의 사랑, 어린 내가 엿들은 게 잘못인지 모르지만 천만 번 허튼 말은 아니겠지요 어린 자식 버리겠단 약속도 아니겠지 설마, 설마 하면서도 편치 않았습니다

지금이 웃을 때냐? 아버지도 없는데, 당신은 나를 정신 차리게 했습니다

증언

추도식을 지낼 때면 제가 당신의 추모사를 읊습니다 열다섯 살 기억을 진설하는 것이지만 어린 만큼 정직하고 순결할 것입니다 "너는 총기도 좋구나" 어머니의 칭찬에 신이 나더니.

어머니 가신 후로는 증언 또한 맥이 풀렸습니다 그래도 당신이 얼마나 담대하고 유쾌했는지, 당신의 노랫말 그 진진한 의미, 당신의 말소리에 실렸던 운율, 할머니를 바라보실 때 지극하던 눈빛, 먼 산을 자주 우러르던 아버지

갈수록 나는 당신의 적막을 닮아갑니다 고독하여 맑았던 당신의 둘레와, 도저한 위신과 드맑은 자존심 서슬이 퍼렇게 자식을 지키시던 아버지

아버지의 딸인 것이 자랑스러워 두 팔을 마음껏 내저으면, 넓으나 넓은 천지 내 아버지, 당신만 홀로 눈을 뜨고 계십니다 내 발길 닿는 곳마다 심어두고 싶습니다

떠날 것이므로

중학교에 입학하기 전에 아버지와 교복을 맞추러 갔습니다 아버지와 온 사람은 나 하나뿐이었습니다

양장점 주인이 아버지를 보며 미소지었습니다 "외동 따님인가요?" 아버지는 얼른 대답하지 않았습니다 "아닙니다, 큰애입니다"라고 해야 정답이라는 걸 알지만 그렇게 말하고 싶지 않은 듯 머뭇거렸습니다

왜 아버지가 오셨느냐고, 둘러보면 모두 어머니가 오거나 혼자 오지 않았느냐고 그렇게 말하고 싶은 양장점 주인은 아무 말도 하지 않았고, 그야 나도 알고 있지만, 나는 곧 떠날 것이므로 우리 딸과 함께 있고 싶어서 그런다고 말하고 싶었나요, 그러나 아버지는 말하지 않았습니다 나는 조금 부끄러웠고 특별한 것 같기도 했습니다

그날 우리는 왜 손을 잡고 오지 않았는지요 아버지보다 뒤서지도 앞서지도 않고 나란히 걸었습니다 아버지, 나는 요즘 아버지와 손잡고 걷는 아이들을 보면 그날이 생각납니다

유복녀의 아버지

　남기고 가신 유복녀는요, 저와 사뭇 달라요 그 애는 아버지라는 말을 싫어하였고, 아버지라는 말을 절대 거부하였고, 아버지 때문에 불행하였고, 아버지 때문에 세상이 엉망이라고 생각하는 것 같았어요

　그 애는 아버지라는 말을 할 줄 모르고, 아버지가 무슨 뜻인지도 모릅니다 아버지라는 말은 그 애의 가슴을 가로막는 알레르기 쇠막대 같은 것,

　아버지, 아버지를 알고 있는 저도 노엽고 답답하고 서러워서 가끔은 아버지를 원망하였습니다

　세월이 다스린 것이겠지요, 유복녀가 달라졌습니다 당신이 오래오래 그 애를 다독거렸는가요, 당신은 마지막 유복녀의 아버지, 오롯이 꼭 남기고 가야 했던 바로 그 애의 아버지,

　아버지는 유복녀의 아버지입니다

남길 말

  어머니의 마지막 손을 잡지 못했다 낮달은 하얗게 내려다 보고, 어머니는 손을 내젓지 않았다 아무것도 잡히지 않는 텅 빈 하늘에, 소리 질러도 메아리는 아득히 멀고 입을 오물오물 어머니가 마지막 전하려던 말 나는 하얀 천정을 올려다보며 어머니의 당부를 받아안았다

  온몸을 뒤척이며 두고 간 유산, 죽을힘을 다하여 쏟아부은 금언, 자식 낳아 길러보니 멀던 귀도 열린다

  당신이 남긴 어렵지도 않은 말씀, 내가 다시 남기고 갈 말 "동기간에 우애해라"

  몸통과 머리와 사지가 한 몸을 이루듯이, 함께 앓고 함께 울고 함께 달려가거라, 느닷없이 그 말씀이 차오르는 아침, 차오르는 정신, 차오르는 가슴, 소중히 두 손으로 받아 모신다

이제야 알겠습니다

"늙는 건 못 할 짓이다 너는 늙지 말아라"

당신이 빠져가는 머리칼에 솔질을 하면서 당부하던 말씀 "너는 늙지 말아라"

우선은 세월을 물들여 감췄을지라도 '양귀비'라는 그 약이 독했음이 틀림없습니다

어머니의 눈이 나빠진 것은 필경 양귀비라는 염색약 때문이었습니다 내가 머리카락에 물들이기 시작하면서야 겨우 알았습니다 어머니 눈이 침침하다고 하시면 돋보기의 도수가 문제려니 했습니다 일일이 늙어서야 알다니, 딱한 일입니다

그 집 미용사는 흰 물을 들입니다 아직 젊으니까, 미용사니까 풋옥수수 수염 같은 노랑 물도 들여 보고, 촛농처럼 빳빳한 흰 물도 들여 보겠지요 나는 한사코 검은 물만 들입니다 천에 천사람 만에 만 사람이 모두 마음 뭉쳐 힘을 쏟아도, 내가 해서는 안 되는 일이 있습니다 나는 절대로 해서는 안 될 일들 속에 갇혀 있습니다

윷놀이

모나 윷이 나오면 좋기야 하지 '모야', '윷이야', '잘했어, 한번 더해', 터지는 함성이 안방 사랑방 대청마루까지 들었다가 놓지만 그게 아무짝에도 소용없을 때도 있다 '물러갈 토'나 '멍청이도'가 나오지 않아서 쫄딱 망하기도 한다. 이것이냐 저것이냐 까다롭게 굴지만 결국은 그게 그것인, 윷놀이판 같은 세상.

참기름 냄새가 새나가지 않도록 병을 힘껏 조였더니 몇 달 동안 풀지 못해 포기할 때도, 풀다가 병을 놓쳐 깰 때도 있다 열지 못하는 뚜껑은 철갑이지, 조일 때도 열 때를 생각해야지

눈에 띄지 않으려고 맨 뒤에 숨었지만, 뒤로 돌아서면 맨 앞이 돼 버린다 돌아오기 위해서 떠난다는 말, 떠나기 위해서 돌아온다는 말, 윷놀이판 같은 세상

가벼운 숟가락

종일 집에 있으면 온종일이 끼니때, 집에 가족은 없고 식구食口들만 북적거린다 먹을 만큼 먹은 다음에 식구들은 또 이렇게 말하기를 잊지 않는다

"그만 먹어야겠어, 많이 먹으면 몸에 해로워"

하루해는 삼시 세끼를 굶어보며 어떻게 먹을까, 무엇을 먹일까를 궁리하다가 진다 단식하고 금식하고 절식하는 것은 잠깐, 이내 과식하고 탐식하고 폭식하고서야 끝을 낸다

"진지 잡수셨어요?" 살아 있는 사람들끼리 서로 부추기는 말, "밥맛을 몰라요, 다 살았나 봐요", "나도 이젠 밥숟가락 놓을 때가 되었어" 식욕을 잃은 것을 슬퍼하는 말, 진지가 밥이 되고 밥이 끼니가 될 때까지 목숨 걸고 지킨다, 가벼운 숟가락

얼룩

고등어의 등에는 갈맷빛 파도가 출렁거린다 파도는 무슨 파도, 어머니는 얼룩이라며 그 징그러운 얼룩 때문에 두드 러기를 앓았다

고추잠자리 날고 추석이 가까워지면 "남 끝동 달아주세 요, 옷고름은 길게요"

어머니의 턱살 밑에서 나는 주문하였고 "얼룩질라, 정하 게 입어야 한다" 어머니는 두 번 세 번 단속하였다

천지사방에 얼룩질 물건들, 걸핏하면 고등어 등판 같은 바다가 몰려드는데 어머니는 어쩌라고 얼룩 밭에 나를 세 워놓았을까, 숙고사치마에 항라저고리 남색 끝동이면 무 엇 해, 옷고름이 길면 무엇 해, 얼룩 걱정에 추석빔도 귀찮 았다

바다가 그리워도 파도가 두 팔을 벌려도 나는 갱신할 수 없었다 소금에 절어있는 기가 죽은 자반고등어, 헤어나려 고 헤어나려고 온몸을 비틀었다 나는 이미 얼룩졌고 온몸 이 가려웠다

희망과 절망

　안색만 보고도 어미들은 알아서, 자식보다 먼저 진흙밭에 뒹굴고, 자식보다 먼저 수렁 속에 빠진다 그보다 깊이 그보다 아프게 굴을 파고서 자식 대신 눕는다

　자식의 앞길을 막는 어미들, 세상 난바다의 폭풍과 벼랑, 캄캄한 밤 맹수와 살아 있는 귀신들을, 방패처럼 막아서, 아무것도 모르게, 새벽이 어떻게 밝는지도 모르게, 그런 것은 몰라도 공부만 잘하거라

　혹시라도 숨이 찰까, 목구멍에 걸린 가시, 잘못 기른 자식들이 물결치는 거리, 그늘의 밀처럼 여리고 약한, 걸핏하면 목숨을 휴지처럼 구겨서, 펀펀 대낮 네거리에 던져버리는, 절망을 알았다면 희망인들 없을까, 이제는 다 왔다 눈물을 삼키거라, 벗지 못할 등짐에 억눌리는 어미들이 자식 대신 세상만사 잊고 싶은데, 죽기도 생각처럼 쉽지 않아서, 맨땅에 호미질로 절망이나 묻는다

잡화점

할머니 머리맡에는 돋보기와 자리끼, 손수건과 몽당연
필, 잡기장과 고담 책 한 권. 할머니 머리맡에는 쇠뿔로 만
든 얼레빗과 놋쇠 종이 있었다 가끔가끔 깨어서 물을 마시
고 고담 책도 창가처럼 읊던 할머니, 할머니가 살아서 내 곁
에 계신다. 지금 내 머리맡은 오만 잡화점

머리맡에 책 몇 권 책 쌓아두고서 버릇처럼 누운 채 잠을
청한다 원터치 스위치로 페이지를 찾고, 잠들었다 다시 깨
어 펼치지 않더라도, 깊이깊이 스며서 저승까지 밝히거라

나를 실어 나르기 굳은 발바닥, 미안하다 어루만질 크림
도 있고, 혹시라도 이러다가 누가 아는가 벼락처럼 꽂히는
시 한 구절 받자, 삼백 날 지켜 섰는 안경과 볼펜. 없는 것
없다. 지금 내 머리맡은 잡화점이다. 할머니가 물려준 오래
된 상점이다

손을 감췄다

얼른 손을 감췄다 내 손이 예뻐서 프러포즈했다는 남자도 있는데 이젠 다 쓸데없는 헛소리다 사랑과 노동, 욕망과 절제, 순치와 전통, 아름다운 조화라 우기던 이런 말들 때문에 나는 지금 아주 불쾌하다

순전히 도둑맞은 거야, 다시 거슬러 탈환해야 해, 그것은 당당하고 확실한 일 여러 번 결심했지만 당치않은 일이었다

얼른 손을 감췄다 다른 일은 엄두도 못 내고 그냥 손이나 감춘다 삶을 속이고 역사를 속이고 꿈을 속인다

나는 언제나 이 대목에서 구슬픈 몸짓으로 손가방을 뒤적거린다, 우선 이것이라도 문질러 볼까 열심히 꾸준히, 더는 안 돼 어쩔 수 없어, 여기서 그만 멈추게 해야 해, 겨우 핸드크림이라는 것, 그래도 이름은 그럴싸하다

목소리를 낮출 뿐

새가 들을까 쥐가 들을까 모두 쉬쉬하였다 덩달아 목소리를 낮췄지만 누구냐 너는, 하필 지금 고함을 치는 사람, 하필 지금 키득키득 웃는 사람, 동전 한 잎보다 세상이 가볍더냐, 일마다 시시하고 우습더냐

새가 들을까 쥐가 들을까 쉬쉬하였다 영문도 모르고 바짝 얼어 있다 시끄러운 세상은 내가 감히 끼어들 처지가 아니지만, 나는 늘 나 때문이라고 생각한다

하늘 아래 시시한 일이란 내게 없었다 일어나는 일마다 중대하였다 나는 언제나 사건의 중심이고, 나는 언제나 목격자이고 나는 언제나 증인이었다

목소리를 낮추어 깊고 푸른 물밑으로

가라앉으면, 참고 참다가 진주처럼 영롱하게 영글 테지만, 견딜 수 있을지 모를 일이다 하늘 아래 시시한 일이 없어, 목소리를 자꾸만 낮출 뿐이다

그나마 다행이라 해야 하는가

조급하게 기다리지 말아야지, 너무 빨리 어제가 되어버리니까, 왔던가 싶게 아득하게 없어진 것들, 그들을 그리워하기도 바쁘다

나는 늘 오지 않은 물결에 온몸을 기울였다 이미 지나 극지의 사막에 스몄다는 것도 모르고 목을 빼고 있었다

찬란했거나 쓰라렸거나 복받쳐 올랐거나 가라앉았거나 흘러간 시간, 지나간 일이니까 말해 봤자 소용없으니까, 캄캄한 구석에 가두려고 했을까 기다리던 시간을 돌아다볼 겨를 없이 낯선 시간들로 현기증을 앓는다

보류된 행복과 보류된 불행, 보류된 기쁨과 보류된 눈물, 오늘은 언제나 어리둥절하다가 어제가 되고 어제는 언제나 눈물겹다 내 발이 딛고 선 한 치의 경계, 어제가 되려고 바장이는 오늘이 있으니, 그나마 다행이라 해야 하는가

벼랑 끝에서

나는 문안에 들어와 있으니 안심하였다 저쪽은 불바다 위험한 경계, 거기는 난장판 깎은 벼랑 끝, 객지 타관의 쓰러진 울타리, 그러나 헛되이 배회하는 저들은 우리를 문밖이라며 애가 닳았다

서로는 서로를 걱정하였다. 저러다가 물살에 휩쓸릴 게 뻔해, 휩쓸리다 필경은 없어지고 말 거야, 목청을 돋워 이름을 부르며 손을 들어 까불렀다

문은 언제부터 달라졌는가? 춘하추동 사계절과 동서남북 향방이, 바벨탑이 무너져도 눈치로 살았는데, 차라리 죽었다가 다시 돋는 풀처럼 아무것도 모르는 채 피어나든지, 깡그리 몽땅 잊어버리고 이대로 그냥 없어져 버리든지,

한 발만 내디디면 끝종이 울리고 한발만 물러서면 추락할 것이다 수만 번 나를 헐어 여기 바쳤고 꿈에도 오로지 하나밖에 없던 길, 지금은 무너지는 벼랑 끝이다. 먼지처럼 부서지면 하늘로 뜰 것이다

몸서리가 쳐지네

오촌 당숙 내세우는 건 때 묻은 족보, 양반 하나 믿고서 외동딸을 주었다지 할 일을 다 했다고 술도 몇 잔 걸치고, 집안은 망했어도 핏줄은 남는다고 바둑알 쏟아지게 큰소리도 쳤다지

새신부 육촌 언니 도망쳤다네, 부엉이 우는 그믐밤 서낭당에 들었다가, 부서진 물레방아 헛간에 숨었다가 나도 잘 몰라, 아궁이 앞에서 솔가지를 분지르며 숙덕거리기에 짐작했을 뿐이야 신랑이 고자라데, 타고난 팔자려니 눌러살 수 있었을까, 보면 쳐다본다, 안 보면 멸시한다, 밤새도록 여편네를 두들겨 팼다더군

부끄러움 화덕처럼 뒤집어쓰고 도망친 육촌 언니 팔자를 고쳤지만, 삼 년도 못 가서 목을 맸다네, 시앗 꼴을 보다보다 자진했다네 잘못 본 실수인가, 정해진 명이던가, 몸서리가 쳐지네

시간의 캔버스에 그린 고요 궁전

이형권 문학평론가

시간의 캔버스에 그린 고요 궁전

이형권 문학평론가

> 그린다는 것은 바람에 스치는 향기를 모아 영토를 돋우는 일, 빛과 그늘 사이 퍼지는 색깔, 그 색깔을 모아 궁전을 짓는 일. 서툰 목수처럼 지었다 헐고 헐었다가 다시 짓네.
> ──이향아, 「캔버스에 세우는 나라」에서

1.

이향아 시인은 1960년대 초반에 『현대문학』으로 등단했다. 60년을 훌쩍 넘어선 이 시인의 시적 여정은 공백기라고 할 만한 시기가 없을 정도로 꾸준하게 창작 생활을 이어왔다. 그동안 발간한 시집은 『동행하는 바람』, 『껍데기 한 칸』, 『갈꽃과 달빛과』, 『오래된 슬픔 하나』, 『환상 일기』, 『온유에게』, 『안갯속에서』, 『어디서 누가 실로폰을 두드리는가』, 『물푸레나무 혹은 너도밤나무』 등 20여 권에 이른다. 이뿐만 아니라 『지금이 영원인 것처럼』, 『고독은 나를 자유롭게 한다』, 『쓸쓸함을 위하여』, 『불씨』 등 여러 권의 수필집도 발간했다. 또한, 이 시인은 『시의 이론과 실제』, 『창작의 아름

84

다움』, 『삶의 깊이와 표현의 깊이』, 『현대시와 삶의 인식』, 『우리 시대 이향아의 시 읽기』 등 적지 않은 문학 이론서와 평론집을 발간했다. 이처럼 이 시인은 시인으로뿐만 아니라 수필가와 시 이론가로서의 활동도 활발하게 전개해 왔다. 오랜 세월을 다양한 분야에서 지속하여 활동해 왔다는 사실은 흔치 않은 일이다. 이 시인은 시가 청춘의 장르라는 편견 아닌 편견을 넘어서 중장년기와 그 이후에도 현역으로 활동하고 있는 것이다.

　사람들은 흔히 인생을 무대 위의 배우에 비유하곤 한다. 셰익스피어는 희극 「뜻대로 하세요As you like it」에서 "온 세상은 무대이고 모든 여자와 남자는 배우일 뿐이다. 그들은 등장했다가 퇴장한다. 어떤 이는 한 생애 동안 7막에 걸쳐 여러 역을 연기한다"고 적었다. 인생은 다양한 무대 속에서 각자의 역할을 맡아서 살아가는 것인데, 사람에 따라서는 하나의 배역만을 맡거나 여러 배역을 맡기도 한다는 것이다. 여기서 중요한 것은 단역을 맡든 주역을 맡든 무대에 "등장했다가 퇴장한다"는 사실이다. 사람마다 배역은 다를지라도 반드시 무대에서 퇴장한다는 사실은 변함이 없는 것이다. 인생 무대에서의 퇴장은 삶의 현장에서 한발 물러선다는 뜻이지만, 최종적, 운명적으로는 죽음의 세계로 나간다는 의미를 지닌다고 할 수 있다. 그래서, 한 사람에 대한 온전한 평가는 그가 인생의 무대에서 퇴장할 때 어떠한 태도를 보이느냐에 따라 달라진다. 어떤 사람은 만족하지만 어떤 사람은 불만으로 가득하고, 어떤 사람은 감사하지만 어떤 사람은 불평을 토로하고, 어떤 사람은 희망적이지만 어떤 사람은 절망을 안고 내려온다.

이향아 시인이 노래하는 퇴장은 어떠한가? 이 시집을 열자마자 우리가 마주하는 것은 "'감사합니다'/ 무대에서 내려갈 때까지 오로지 나는,/ 이 한마디 말씀으로 퇴장할 것입니다"(「답사」 부분)라는 선언이다. 이어서 "거친 파도에 휘말리는 섬과 섬으로/ 동행하게 된 것만도 눈물겹습니다"라고 고백한다. 인생의 무대에서 "거친 파도"의 시련이 닥쳐올 때마다 서로 위안이 되는 "섬과 섬"이 되어 살아온 일에 대한 감사의 마음을 고백한 것이다. 이러한 마음은 기본적으로 인생의 무대에 대한 지극히 겸허하고 긍정적인 태도가 아니면 도달하기 어려운 경지이다. 낮아짐으로써 높아지는 역설의 경지이자 정결하고 고상한 시 정신의 세계인 것이다. 보통 사람들이 퇴장의 무대에서 화려하고 과장된 수사로 자기 자랑에 몰두하는 현실과 대조된다. 이 시집의 시편들은 이처럼 높고 원숙한 삶의 정신에 도달한 시인이 그동안 살아온 시간에 대한 성찰의 언어로 채워져 있다. 그 구체적인 목록은 세속적 가치에 대한 비판과 인생의 발견, 그리고 이상 세계로서의 고요와 자연의 추구 등이다.

2.

이 시집에는 세속적 가치를 비판하고 인생의 진정한 의미를 발견하려는 시심이 빈도 높게 드러난다. 이러한 마음은 사실 시라는 문학 양식, 나아가 문학이나 예술이 지녀야 하는 기본적인 속성에 속한다. 하여 급속도로 세속화되는 세상, 물질만능주의에 찌든 인간, 비인간화를 재촉하는 문명, 개성과 자유를 억압하는 이념 등에 대한 비판은 시인의 중요한 임무에 속한다. 이 시집의 몇몇 시편들은 시가 추구해야 할 그러한 임무에 충실한 모습을 보여주는데, 이것은 이향아 시인이 그동안 자신에게 주어진 삶의 시간을 그렇게 살아왔다는 사실을 증명한다. 가령, 아래의 시는 세상이 편견으로 가득 찬 곳이라는 점을 비판적으로 노래한다.

어깨를 들썩이며 끼룩거린다고, 동네에서 그 여자를 미쳤다고 한다. 눈치코치 모르는 천둥벌거숭이, 그러다가 느닷없이 시무룩하다고 미친 게 분명해 몰아세운다.

성하게 바라보면, 금세 바로잡는 저 얼굴 좀 봐. 본정신이 지겨워 미친 척하는 거야. 마을버스를 기다릴 때 애어른 알아서 제 앞에 세우고 더디 올라도 기다리는 여자, 그 얼굴을 어떻게 미쳤다고 하나.

웅덩이에 흙탕물 가라앉으면, 바람에 흔들리는 수수꽃다리처럼, 둥글게 더 둥글게 미끄러지는 여자. 우리 동네 그 여자는 미치지 않았어, 섞이면서 흐를 뿐, 미끄러질 뿐, 그냥 자주자주 낄낄거릴 뿐.

동네마다 몇 사람은 미칠 수밖에, 세상에서 나를 대신 미치는 사람, 미쳐서 몇 마디 바른말 하면 미친년이 어쩌다가 제정신 났다고, 나를 대신 바람맞은 우리 동네 미친 여자.

— 「미친 여자」 전문

이 시의 주인공인 "미친 여자"는 진짜 미친 여자가 아니다. 그런데 "동네" 사람들은 그 여자를 미쳤다고 치부하면서 조롱의 대상으로 삼는다. 그녀가 "눈치코치 모르는 천둥벌거숭이"인 것은 순수한 모습이고, "느닷없이 시무룩하다"는 것은 자신의 감정에 충실한 모습이다. 더구나 "마을 버스 기다릴 때 애어른 알아서 제 앞에 세우"는 것은 예의 바른 사람이 하는 행동이다. 그래서 "나"는 "본정신이 지켜워 미친 척하는" 것일 뿐 "그 여자는 미치지 않았어"라고 주장한다. "나"는 동네 사람들의 편견을 부정하면서 그녀와 관련된 진실을 간파한 것이다. 즉 그녀는 "섞이면서 흐를 뿐, 미끄러질 뿐, 그냥 자주자주 낄낄거릴 뿐", 타자와 잘 어울리는 유연하고 유쾌한 성격의 정상인이라고 하는 것이다. 이러한 시각에는 "미쳐서 바른말 하면 미친년이 어쩌다 제정신이 났다고" 하는 동네 사람들의 편견이 오히려 비정상적이라는 생각이 담겨 있다. 하여 "나"의 눈에는 그녀가 오히려 경직된 생각과 속악한 세상에서 벗어나 진실하고 순수한 세계에 미친(몰두하는) 존재이다. 비정상적으로 미친(광기적) 여자가 아니라 인간다운 세계에 미친(도달한) 정상의 여자인 것이다.

세상을 지배하는 세속적 가치 가운데 하나는 돈이다. 현대의 후기 자본주의 사회는 인간을 돈의 노예로 만들어 버린 지 오래되었다. 요즈음 세상은 인간적 가치나 정신적 가치보다 물질적인 것을 숭배하고 있다. 심지어 순수하고 진실해야 할 남녀 간의 사랑마저 물신주의 혹은 황금만능주의에 지배당하고 있다.

　　데이트하던 그 남자는 왜 그랬을까.
　　'무슨 색을 좋아하세요.', '쇼팽을 좋아하시나요, 슈베르트를 좋아하시나요.' 입학시험 면접관처럼 그는 물었고 합격하고 싶은 수험생처럼 나는 대답했었어. 인생이란 무엇인가, 사랑이란 무엇인가, 아무짝에도 쓸데없는 문제였어. 그러다가 자세를 바로 하고 그가 다시 묻더군.

'월급을 얼마나 받으십니까?' 내 월급이 그 남자는 왜 궁금했을까?

물론 나는 대답하지 않았어. 중등학교 정교사 2년째라고, 받을 만큼 받는다고 똑똑하게 말할 걸. 나는 아무 말도 못 했어, 할 수가 없었어, 하기 싫었어.

나는 월급이라는 말이 정말로 창피했어.

그것은 사실 그날 문제 중 제일 확실하고 쉬운 문제였지. 그래도 나는 답을 쓰지 않았어. 쓰고 싶지 않았어. 쓰기 싫었어. 차라리 시험에 낙방하고 싶었거든.

— 「답을 쓰지 않았어」 전문

이 시는 물질주의에 사로잡힌 "그 남자"의 속물근성을 비판하고 있다. 시인이 겪었던 청춘 시절의 경험을 소환하여, 오늘날 우리 사회가 지닌 그런 속성에 대해 문제를 제기하고 있는 것이다. 이 시의 "데이트하던 "그 남자"는 처음에 "쇼팽"이나 "슈베르트"를 물어보면서 교양 있는 듯한 자세로 "나"를 대했다. "인생이란 무엇인가, 사랑이란 무엇인가"를 물으면서 고상한 태도로 만나기도 했다. 그러나 그 남자가 "나"에게 던진 다음의 질문은 그의 교양과 고상함이 가식이었음을 단적으로 드러낸다. "'월급을 얼마나 받으십니까?'"라는 질문은 그가 얼마나 세속적인 사람인지를 증명해 주고 있다. 그래서 "나"는 그의 그러한 질문에 "대답하지 않았"다. "나"는 세속적 조건만을 따져 묻는 "그 남자"에 반기를 들며 속물적 사랑의 "시험에 낙방하고 싶었"던 것이다. 이 에피소드는 속물적 세상을 배격하고 정결한 삶을 강조하기 위해 소환된 것이다.

　인간을 인간답지 못하게 하는 오늘의 사회 현상 가운데 하나는 디지털 문명의 과잉이다. 컴퓨터, 네비게이션, 전자시계, 휴대전화와 같은 디지털 기기는 오늘날 현대인들의 생각과 생활 전반을 지배하고 있다. 그런데, 어느 시인이 노래했듯이 디지털 문명은 인간의 개성과 사회를 사막화하고 있다. 디지털 치매라는 말이 나올 정도로 디지털 기계는 인간을 수동적, 기계적으로 퇴행시키고 있다. 인간다운 지혜를 되찾기 위해서는 디지털 문명과의 거리 두기가 필요한 시대가 아닐 수 없다.

　　전차에 올라타고서야 내 장기의 부속품 같은 전화기가 집에 있다는 걸 알았다. 오류는 대체로 수정 불가능한 자리에서 나타나 반환이 어려운 거리를 두고 아주 결정적으로 자책하게 만든다.

　　할 수 없지, 나는 득도라도 한 듯, 신속하게 결론을 내리고 오늘 하루 절해의 유배자가 될 것을 결심한다. 끊어진 관계는 느긋하게 그들의 원망은 무심하게 추방당한 처지도 누리기 나름이라고 울타리밖에 초연히 밀려나 있기로 했다.

　　잡기장 여백에 눌러 쓰는 글 천하의 명작이라도 내놓을 기세로 그러다가 눈을 감고 생각에 잠기면 얼마나 오랜만의 명상인가 잃어버린 나를 찾아 깊이 잠긴다.

　　비로소 나 독립하여 우뚝 섰다.

　　―「명상」 전문

이 시는 요즈음 누구나 겪어보았음 직한 경험을 이야기하고 있다. "나"는 "전차에 올라타고서야 내 장기의 부속품 같은 휴대전화가 집에 있다"는 사실을 알고 당황하고 있다. "전화기"가 "내 장기"와 같은 것인 현대인의 한결같은 생활 감각을 상징적으로 드러내 준다. 휴대전화는 이제 신체의 일부가 되어 타인이나 사회와의 유기적 관계를 유지하는 데 필수적인 기기가 되었다. "나" 역시 그런 현대인의 한 사람으로 살아온 듯하다. 그러나 "나"는 휴대전화를 집에 두고 온 참에 스스로 "오늘 하루 절해의 유배자가 될 것을 결심"한다. 전화기의 부재 속에 자진해서 "추방당한 처지"를 받아들이면서 인간과 사회의 "울타리 밖에 초연히 밀려나 있기로" 한 것이다. "나"는 그동안 경험하지 못했던 일상과 현실에서의 고립을 진정한 자아 찾기의 계기로 삼고 있는 셈이다. 그러자 평소에는 불가능했던 "집기장 여백에 놀러 쓰는 글"과 "명상"을 통해 "잃어버린 나를 찾"는 일이 가능해진다. 전화기의 부재 속에 "비로소 나 독립하여 우뚝 섰다"는 선언이 가능해진 것이다. 이것은 오늘날 우리 사회의 "나"들이 디지털 문명의 예속에서 자유로워짐으로써, 진정한 자아를 성찰하고 재발견했다는 이야기다.

이 시집에서 세속적 현실에 대한 비판적 인식과 함께 빈도 높게 등장하는 또 하나의 세계는 자연과 고요를 지향하는 마음이다. 이 마음은 현실의 대안 세계를 찾는 일로서, 자연이 문명 현실 너머의 시원적 순수의 세계라면, 고요는 소란스러운 세속적 현실 너머의 정결한 세계이다. 이들 자연과 고요의 세계는 여러 시에서 따로 혹은 동시에 형상화된다. 가령, 자연은 "터를 잡고 생애를 펼칠 곳. 가고 싶던 낙원"(「민들레꽃」부분)으로서 정결한 삶을 위해 궁극적으로 지향하고 싶은 정토淨土의 세계이다.

　　어제는 들을 데려왔으니 오늘은 산을 모셔올까 봐. 냇물이 흐르는 캔버스에 무성한 나무들, 나무처럼 자라는 나라를 세우고 싶네.
　　그린다는 것은 사무친다는 것, 그린다는 것은 빠져서 잠긴다는 것, 혼을 뽑아 그것으로 바꾼다는 것, 날마다 지나는 거리, 좁은 골목에 절을 하면서 그리운 사람들의 이름을 부르네.
　　남아 있는 목숨의 소중한 하루하루, 그윽하게 가라앉힌 작은 텃밭에, 지갑을 열어 비상금을 세듯, 일곱 가지 햇살을 붓에 적시네.
　　그린다는 것은 살고 싶은 나라 하나 세우는 일, 죽어서 묻힐 나라 세우는 일, 반역으로 혁명을 일으키지 않고, 숨어서 몰래 모반하지도 망명도 하지 않고, 원하던 나라 하나 비밀처럼 세우는 일.
　　그린다는 것은 바람에 스치는 향기를 모아 영토를 돋우는 일, 빛과 그늘 사이 퍼지는 색깔, 그 색깔을 모아 궁전을 짓는 일. 서툰 목수처럼 지었다 헐고 헐었다가 다시 짓네.
　　　　― 「캔버스에 세우는 나라」 전문

　이 시는 그림을 그리는 형식을 빌려 순수한 자연을 지향하는 마음을 담고 있다. 시의 제목인 "캔버스에 세우는 나라"는 소란스러운 현실에는 부재하는, 조용하고 깨끗한 마음을 불러일으키는 장소이다. 그 "나라"는 "들"과 "산"과

"냇물", 그리고 "나무들"로 구성된, 세속적 욕망으로 가득 찬 존재인 인간이 배제된 세계이다. 즉 "햇살에 붓을 적시"어 그릴 수 있는 평화롭고 정결한 세계로서 "살고 싶은 나라"이자 "죽어서 묻힐 나라"이다. 생사를 통합할 만한 그 "나라"를 "그린다는 것은 바람에 스치는 향기를 모아 영토를 돋우는 일, 빛과 그늘 사이 퍼지는 색깔, 그 색깔을 모아 궁전을 짓는 일"이다. 이 자연의 나라는 순수한 "향기"와 "빛깔"로 세워진 고요한 "궁전"과 같이 드높은 세계이다. 이 시의 화자 혹은 시인의 마음은 그곳을 향한 열망으로 가득 채워져 있다. 이러한 사정은 "그린다는 것은 사무친다는 것, 그린다는 것은 빠져서 잠긴다는 것, 혼을 뽑아 그것으로 바꾼다는 것"이라는 부분에 인상 깊게 드러난다. 이때 "그린다는 것"은 중의적으로 읽을 수 있을 터, 무엇인가를 그리워한다는 의미와 그림을 그린다는 의미가 모두 성립한다. "그린다는 것"은, 현대인이 잃어버린 순정한 자연의 세계에 대한 열망인 동시에, 플라톤 식으로 말하면 이데아의 세계를 모방하는 예술 행위이다. 물론 둘의 의미는 둘이면서 하나이다. 그림을 그리는 것과 같은 예술 행위는 현실에 결핍된 이상 세계에 향한 열망의 표현이기 때문이다.

그런데, 그 열망은 완전하게 성취될 수 없어서 "서툰 목수처럼 지었다 헐었다가 다시 짓"는 일을 반복해야 한다. 이 무한 반복의 행위가 바로 인생을 고양시키기 위한 예술 활동의 운명이다. 이상 세계에 도달할 수 없는 줄 알면서도 끝없이 도전하면서 이상 세계에 육박해 가는 과정 그 자체가 예술 행위의 본래 모습이다. 이와 유사한 인식은 "그림을 그릴 때면 캔버스 바탕에, 우선 초록부터 문지르세요.…

(중략)… 연둣빛으로 피어나는 향내, 초록색으로 나부끼는 깃발, 갈매색 창공에 깃을 치는 날개, 그가 품고 있는 아량과 기운, 나는 지금 비단 같은 그늘에 잠겨 한 그루 초록을 문지르는 중입니다.(「한 그루 초록을 문지르면서」 부분)에서도 나타난다. 이때 "초록"은 순정하고 평화롭고 향기로운 이상 세계로서, 화가 혹은 예술가는 그곳을 향한 "깃발"과 "날개"를 간직한 존재이다. "한 그루 초록을 문지르는 중"이라는 것은 붓질을 하는 행위이지만, 그 내포적으로는 예술 행위는 인간이 존재하는 한 언제나 진행 "중"이라는 의미를 지닌다. 이처럼 예술의 근본적 의미를 탐구하는 시편들은, 이 시집의 주인이 한 시인으로서의 자의식을 충실히 확보하고 있다는 점을 말해준다.

순정한 자연의 세계는 고요의 경지와 연관된다. 고요는 인간 세계의 잡다한 소음과 복잡한 번뇌에서 멀어진 정신적 경지로서, 노자에 의하면 고요는 마음을 맑게 하여 근본으로 돌아가게 해 준다.『도덕경』에서 강조하듯이, 인간은 그 자체로 소란스러운 존재이므로 맑고 평화로운 삶을 위해서는 인간 세계에서 멀어져야 한다.

새벽 산책길에서는 아무 말도 하지 맙시다 우리는 간밤에 함께 죽었던 사람, 아무 말 없이 눈만 뜨고 있어도 무슨 말을 품었는지 서로 알고 있습니다 안 들어도 들은 듯이 차오르는 것들, 옳다고 고개를 끄덕이거나 그득하여 웃는 낯을 지어 뵈거나, 좁은 길에 비켜서서, 당신이여 무사히 지나가소서, 걷고 싶은 만큼 거닐다 보면 수많은 말씀이 횡격막에 쌓입니다

횡격막 위에, 가슴이라고 우기는 형이상학의 선반 위에

새벽 산책, 가슴에 쌓이는 말, 내 하루는 이것으로 출렁

거립니다 걸음을 옮기는 발바닥과, 발바닥을 떠받치는 세

상의 바닥, 그 바닥을 누르고 나아가는 새벽, 맑고 서늘한

형이상학입니다

어디서부터 왔는지, 와서 나를 이만큼 지탱하게 하는지,

깊고 고요하게 흐르는 시간

　―「횡격막 위에」 전문

이 시의 "새벽 산책길"은 고요한 자아 성찰의 공간이다. "나"는 그곳에서 "아무 말도 하지 맙시다"라고 청하는데, 그렇다고 소통을 위한 "말" 자체를 부정하는 것은 아니다. 그곳은 "안 들어도 들은 것"과 마찬가지로 "수많은 말씀이 횡격막 위에 쌓이는" 역설의 공간이기 때문이다. 이 무언의 언어는 귀로 듣는 말이 아니라 "가슴에 쌓이는 말"로서, 유언의 언어보다 사람의 마음에 더 깊이 파고든다. 그것은 높고 정결한 세계를 만들어 나아가는 기제로서 "세상의 바닥, 그 바닥을 누르고 나아가는 새벽, 맑고 서늘한 형이상학"이 된다. 이 무언의 세계는 "나를 지탱하는" 역할을 하면서 "깊고 고요하게 흐르는 시간"을 창출하는 것이다. 이는 『도덕경』의 "말이 많으면 자주 궁지에 몰리게 된다多言數窮"(5장), "마음을 비우고 고요에 이르라致虛極 守靜篤"(16장)는 문장과 상통한다. 이 시는 아침 산책길에 무언의 언어를 통해 고요의 경지라는 높고 평화롭고 정결한 "형이상학"을 구축한 것이다.

고요는 현실과 자아를 소멸하여 얻는 더 깊고 넓은 세계

이다. 현실의 소란과 자아의 자만을 최소화해야만 도달할
수 있는 마음의 경지인 것이다. 그래서 고요는 높은 곳으로
솟아오르는 세계가 아니라 가장 낮은 곳으로 깊이 침전하
는 세계이다.

　　떠날 사람이 거지반 떠난 다음이면 고요가 은회색 망사처
럼 깔린다. 조금 섭섭한 듯이, 쓸쓸한 듯이, 그러나 이제야
제 자리를 잡은 듯이. 내일은 비가 몰려오려나, 손가락 끝
마다 불을 켜단 배롱꽃이 물에 젖은 진분홍 소맷자락을 땅
에 더 가깝게 늘어뜨린다.
　　날이 흐릴수록 꽃 빛깔은 타오르는데 이제는 나도 그만
좌정해야 할까.
　　문은 아직 열려 있었다. 뉘우치고 돌아올 줄 알았나 보
다. 일백 날 걸러낸 맑은 눈물을, 한 마디 용서도 빌 수 없
는 가슴을 손등으로 문지르며 스며드는 중.
　　꽃이 피는 그늘로 스며드는 중. 고개 들면 가뭇한 둑길
위에는 제철 만난 배롱꽃이 자지러진다. 나처럼 말 못 하
고 자지러진다.
　　ー「스며드는 중」 전문

　　그는 함부로 발을 뻗지 않았다. 불을 켠 세상 어느 귀퉁
이에서 밝은 눈길 하나가 주목한다 여겼을까. 목소리를 맑
게 닦아 천천히 말하고. 돌아다볼 때도 슬로비디오처럼 곡
선으로 돌아앉았다.
　　소리 없이 웃었고, 이를 악물고 하품을 삼켰다. 그는 유
리 진열장에 놓인 듯 고즈넉하였다.

누가 그를 눈여겨보았을까, 평생을 깎아놓은 수정 기러기처럼 고요히 가라앉은 그를,

　　세상이 저물어 등불을 켜면 아무도 몰랐던 그의 빈자리가 갈비뼈를 뽑아낸 듯 허통하다는 것을.

　　그는 죽어서야 이야기로 남았다. 아무 일도 일어나지 않았다. 그는 아름다운 고요가 되어 깊은 바닥에 전설처럼 깔리었다.

　　　—「고요가 되어 깔리다」 전문

　앞의 시는 "떠날 사람"이 떠난 뒤에 "고요가 은회색 망사처럼"가 찾아온다고 한다. 사람이 떠났기 때문에 "섭섭"하고 "쓸쓸한" 마음이 찾아오기도 하지만, "이제야 제 자리를 잡은" 것처럼 여겨진다. 사람들과의 경쟁과 높이만 오르려던 욕망이 사라지고 "이제는 나도 그만 좌정해야 할까" 생각할 수 있기 때문이다. 이 고요의 세계에서는 "일백 날 걸러낸 맑은 눈물"로 정화하고, "용서도 빌 수 없는 가슴"을 참회하면서 "꽃이 피는 그늘로 스며드는" 것이 가능한 것이다. 고요는 "꽃이 피는 그늘"이 화려한 꽃의 세계가 아니라 그 꽃의 배후를 구성하기 때문이다. 빛과 꽃이 소란스러운 현실의 세계라면 어둠과 그늘은 현실 너머의 고요의 세계이다. 그곳을 지향하기 위해 "나"는 "배롱꽃이 자지러지"는 자연 현상을 발견하면서, 거기에 자아를 투사하고 있다. "꽃"과 함께 "나"가 "자지러진다"는 것은 소음의 세계를 소멸시켜 고요의 세계를 생성하는 과정이다. 이 과정을 거쳐 "나"는 외적으로 낮아짐으로써 내적으로 높아지는 고요의 경지에 이른 것이다.

뒤의 시는 고요하게 살다가 고요로 돌아간 "그"에 관한 이야기다. "그"는 "불을 켠 세상" 즉 소란스러운 세상에서 "어느 귀퉁이에서 밝은 눈길"로 살아간 사람이다. "그"는 살아생전에 "목소리를 맑게 닦아 천천히 말하고, 돌아볼 때도 슬로비디오처럼 곡선으로 돌아앉았다"고 한다. 빠르게 돌아가는 세상에서 느린 말투와 느린 행동은 부적응자의 전형적인 모습일 수도 있지만, "그"는 그런 모습을 지키며 "평생을 깎아놓은 수정 기러기처럼 고요히 가라앉"아 살았다고 한다. 이러한 모습은 "불을 켠 세상"에서는 잘 드러나지 않았지만, "세상이 저물어 등불을 켜면" 비로소 "그의 빈자리"가 크게 느껴진다. 하여 그는 살아생전에는 주목을 받지 못했지만, "죽어서야" 비로소 "아름다운 고요가 되어 깊은 바닥에 전설처럼 깔리었다"는 것이다. 이처럼 고요는 어둠 속에서 빛나는 별빛과 같은 존재, "깊은 바닥"에 침전하는 근원적 가치를 표상한다. 하여 이 시는 의미심장한 질문을 하나 불러온다. 시를 쓴다는 것, 인생을 산다는 것이 결국은 이 심오하고 위대한 가치를 추구하는 일이 아닐까?

3.

　　세상 사람들은 밝고 높고 빠른 것을 지상 명제로 여기면서 살아가고 있다. 이 시대는 어둡고 낮고 느린 것은 환영을 받지 못하는 세상임에 틀림이 없다. 밝고 높고 빠른 것을 향한 사람들의 욕망은 하늘을 찌를 듯이 확장되어 나아간다. 심지어 밝고 높고 빠른 것은 선이고, 그와 반대되는 것은 악이라고 규정하기도 한다. 그러나 지나치게 밝은 것은 눈이 시리고, 지나치게 높은 것은 어지럼증을 가져오며, 너무 빠른 것은 불안감을 증폭시킨다. 오히려 어두운 것은 안락을 가져오고, 낮은 것은 안정감을 주며, 느린 것은 편안하다. 이 시집에는 전자를 부정하고 후자를 옹호하는 시편들이 빈도 높게 등장한다. 시는 속악한 현실을 가차 없이 비판하고, 그러한 현실 너머의 이상 세계를 향한 열망의 형식이라는 근본에 충실한 것이다. 물론 이 시집의 시편들이 이러한 시 세계에 모두 수렴되는 것은 아니다. 예컨대 사랑에 대한 그리움과 깨달음의 시, 노년을 맞이하여 느끼는 상념을 노래한 시, 가족과의 애환을 회억하는 시 등도 적잖이 등장한다. 이들은 이 시집이 탈속의 경건한 형이상학만을 추구한 것이 아니라 인간적인, 너무도 인간적인 정서를 충실하게 담아내고 있다는 점을 말해 준다.

그런데, 이향아 시인에게 이러한 시 세계가 가능했던 것은 마음 깊이 간직하고 살아온 사랑 덕분이었다는 점을 기억해야 한다. 이 시집에서 나타나는 세상에 대한 비판도 세상에 대한 사랑의 표현이며, 세상 너머의 세계를 꿈꾸는 일도 세상을 향한 사랑의 표현이라고 할 수 있다. 이 역설적 사랑이 이 시집의 핵심소 역할을 한다.

　　나는 내가 한평생 사랑에 빠져 살았다는 걸 모르고 있었다.
　　걸핏하면 핏줄이 조여들고 안개 낀 듯, 물먹은 듯 눈앞이 흐린 것은, 바로 그 때문이라는 걸 까맣게 몰랐다.
　　고개 들면 문밖에 번지는 푸름, 숙이면 애처롭게 젖어 있는 발목, 계절마다 무너지고 찢어지는 오목가슴, 시시각각

글썽이며 잠겨 드는 생각에 평생을 빠져서 허우적거리건만
그게 사랑인 줄 여태 몰랐다.

핏줄이나 연분이야 그렇다 치고, 천지사방 흔들리며 조
여드는 밀물, 동트는 아침과 망망한 대낮, 지평선의 무지개
와 처마 끝의 낙숫물,

평생을 외워도 익숙하지 않은, 한순간도 그물에서 헤어
날 수 없는, 혹은 소소하고 혹은 거대한 그게 모두 슬픔이
요 껍데기라 하면서도. 가쁜 숨 몰아쉬며 끌어안는 이름들,
그것이 사랑인 걸 여태 몰랐다.

　　―「모르고 살았다」 전문

　이 시의 "사랑"은 에로스적 사랑 그 이상이다. 시상의 출
발은 "나"는 스스로 "한평생 사랑에 빠져 살았다는 걸 모르
고 있었다"는 고백으로 이루어진다. "나"는 일평생 "핏줄이
조여"오는 것, "눈앞이 흐린 것"을 경험하면서 살았는데 그
것이 사랑인 줄을 몰랐다고 한다. 가슴이 벅차오르고 눈이
멀 것 같은 느낌이 사랑이었다는 것을 미처 깨닫지 못했다
는 것이다. 그런데 "문밖에 번지는 푸름"의 자연이나 "애처
롭게 젖어 있는 발목"의 애처로운 인간이나 생명을 떠올리
게 하고, "계절마다 무너지고 찢어지는 오목가슴", "시시각
각 글썽이며 잠겨 드는 생각"에 빠져들게 했던 것이 사랑이
라는 것을 이제야 깨달았다고 한다. 더구나 사랑의 목록에
는 "핏줄이나 연분"의 가족애나 이성애異性愛, "천지사방 흔
들리며 조여드는 밀물"이나 "동트는 아침과 망망한 대낮",
"지평선의 무지개와 처마 끝의 낙숫물" 등과 같은 자연(현
상)애까지 모두 포함된다는 사실을 알아차린 것이다. 자연

과 인간을 향해 "가쁜 숨 몰아쉬며 끌어안는 이름들"을 호명하는 일이 모두 사랑이라는 것을 발견한 셈이다. 따라서 "나"가 "그것이 사랑이란 걸 여태 몰랐다"는 고백은, 사랑의 무지를 드러내기보다는 일평생 사랑으로 살아왔다는 역설적 진실을 말해주는 것이다. 이 사랑의 힘이 바로 이향아 시인이 평생 시를 써온 에너지였던 것인데, 이 시집의 인생이라는 '시간의 캔버스에 그린 고요 궁전'은 바로 그 에너지의 산물이다.

이향아

이향아李鄕莪 시인은 충남 서천에서 태어났고, 1963~66년『현대문학』3회 추천을 받아 등단했으며, 경희대학교 대학원에서 문학 박사 학위를 받았다. 시집『캔버스에 세우는 나라』외에『화음』,『온유에게』,『안개 속에서』등 24권. 수필집으로『쓸쓸함을 위하여』,『불씨』등 16권, 문학이론서 및 평론집으로『창작의 아름다움』,『시의 이론과 실제』,『삶의 깊이와 표현의 깊이』등 8권, 영역시집『In A seed』, 한영대조시집『By The Riverside At Eventide』를 펴냈다.

시문학상, 한국문학상. 윤동주문학상. 신석정문학상 등을 수상하였다. 한국문인협회 자문위원, 한국여성문학인회 자문위원, 국제펜클럽한국본부 고문, 문학의집·서울 이사로 활동하고 있다. 현재 호남대학교 명예교수.

이향아 시인의 담시집譚詩集인『캔버스에 세우는 나라』는 세속적인 가치를 비판하고, 이 비판적 사랑을 통해 순수한 향기와 빛깔로 세워진 고요한 궁전과도 같은 나라라고 할 수가 있다. "살고 싶은 나라 하나 세우는 일, 죽어서 묻힐 나라 세우는 일, 반역으로 혁명을 일으키지 않고, 숨어서 몰래 모반하지도 망명도 하지 않고, 원하던 나라 하나 비밀처럼 세우는 일"이 이향아 시인의『캔버스에 세우는 나라』일 것이다.

시는 사랑이며, 사랑은 모든 것을 가능하게 한다.

이메일 : poetry202@hanmail.net

이향아 시집

캔버스에 세우는 나라

발   행 2020년 8월 27일
지 은 이 이향아
펴 낸 이 반송림
편집디자인 김지호
펴 낸 곳 도서출판 지혜 • 계간시전문지 애지
기획위원 반경환 이형권
주   소 34624 대전광역시 동구 태전로 57, 2층 도서출판 지혜 (삼성동)
전   화 042-625-1140
팩   스 042-627-1140
전자우편 ejisarang@hanmail.net
애지카페 cafe.daum.net/ejiliterature

ISBN : 979-11-5728-409-2 03810
값 9,000원